Colombe ou la réalité alternative

Tome 1

De la même autrice

Amy tome 1 : La magie de l'Esprit

Amy tome 2 : La magie de l'Ange

Amy tome 3 : La magie de la Femme

Julie & Will : Détectives Surnaturels

L'Académie

La Protectrice 1. L'éveil

Le Pays de Noël 2020

L'autrice

SAM écrit des histoires depuis l'âge de 10 ans. Après la publication de plusieurs histoires et fanfictions sur Internet, elle se lance dans la publication d'Amy, son premier roman, qui deviendra une trilogie.

Ses réseaux sociaux :

Facebook : SAM L'écrivain

Instagram : @samlecrivain23

Wattpad : Sosso2398

Fanfiction.fr : Sosso2398

Fanfic-fr : Sosso2398

Fanfiction.net : Sosso2398

SAM

Colombe ou la réalité alternative

Tome 1

ISBN-13 : 9798837470295

Table des matières

1.

Ah, j'apprécie vraiment ma vie ! J'ai vraiment beaucoup de chance d'être là, maintenant, de vivre ma vie, tout simplement !

Je suis assise devant le miroir et me peigne les cheveux en pensant à cela. Et dire qu'à d'autres époques, la vie était difficile ! Ça me parait inimaginable, maintenant. La vie est tellement parfaite depuis le Basculement !

Je me souviens lorsque le professeur d'histoire nous l'avait expliqué. C'était arrivé en 2100, à la fin de la Troisième Guerre Mondiale, qui opposait la plupart des pays aux terroristes. Heureusement, ces derniers avaient perdu, mais à quel prix ! Des milliers et des milliers de morts pour nous. Alors après cela, l'humanité a dû réadapter la société, pour que plus jamais une chose pareille ne se déroule. Le monde a complètement changé depuis ce moment-là. À vrai dire, je ne peux pas en être sûre, je n'ai que vaguement entendu parler du XXIe siècle.

À présent, j'ai terminé de me coiffer. Un simple chignon me suffira. J'ai un autre miroir qui me permet de me regarder complètement de la tête aux pieds. J'en profite pour jeter un coup d'œil à ma tenue : une robe beige se terminant aux chevilles, avec des manches longues et seulement la taille marquée par une large ceinture en cuir. Ça sera parfait pour aujourd'hui !

Enfin prête, je sors de ma chambre et descends les escaliers, rejoignant ma mère dans le salon. Elle est en train de coudre.

— Bonjour, mère, la saluai-je respectueusement.

— Bonjour Colombe. Tu as bien dormi ?

— Oui, mais j'ai eu un peu de mal à trouver le sommeil, admis-je en m'asseyant sur un fauteuil près du sien.

— C'est normal, c'est ta majorité, ce soir. Tu vas enfin devenir adulte !

Ma mère s'arrête de coudre, et plonge son regard dans le mien, me dévisageant.

— C'est vrai que tu as grandi. Je me souviens encore quand tu étais un bébé… mais maintenant, cette époque me paraît lointaine.

Elle cesse de me regarder et reprend sa couture tout en disant :

— Tout est prêt pour la cérémonie de ce soir. Comme la tradition l'exige, tu ne verras ta robe que ce soir.

— Et… à quoi ressemble cette robe, mère ? Dites-le-moi, s'il vous plaît ! Et puis, si elle ne me va pas, que devrai-je faire ?

— Ne t'inquiète pas, Colombe, cette robe t'ira parfaitement. J'ai fait des études de couture, je te rappelle, je sais exactement ce que je fais. Et tu seras sublime dans cette robe.

— Très bien, si vous le dîtes. Puis-je vous poser une question, mère ?

— Bien sûr, ma fille.

— Pourquoi n'utilisez-vous pas la machine à coudre ?

— Celle-ci est tombée en panne, ce matin. J'ai appelé quelqu'un pour la réparer, il ne devrait pas tarder.

Soudain, la sonnerie retentit.

— Tu peux aller ouvrir, s'il te plait ? me demande ma mère.

— Bien sûr.

Je marche jusqu'à l'entrée et ouvre la porte. Un homme plutôt jeune, à peine plus âgé que moi, sûrement, sourit en me voyant.

— Bonjour, Mademoiselle. Je suis bien à la résidence des Plantier ?

— Oui. Vous êtes le réparateur pour la machine à coudre ?

— Oui, et pour plein d'autres choses, répond-il. Puis-je entrer ?

— Oh, bien sûr.

Je le laisse rentrer et referme la porte derrière lui. Cet homme a l'air étrange, différent des autres. Peut-être est-il moins sérieux. Ou alors c'est son regard qui est différent. Il y a bien quelque chose en tout cas.

Je passe devant lui et l'emmène jusqu'au salon. C'est seulement en voyant ma mère assise qu'il enlève son haut-de-forme. N'aurait-il pas dû le faire dès qu'il est entré dans la maison ?

— Bonjour, madame, la salue-t-il alors qu'elle se lève.

Ils se serrent la main brièvement.

— Je suis Léodagan de Ligneu. Je suis venu suite à votre appel, pour la machine à coudre.

— Venez, suivez-moi.

J'étais surprise à l'évocation du nom de cet homme. Léodagan, si je me souviens bien, était le nom du roi de Carmélide à l'époque du roi Arthur. Quelle idée de donner ce prénom à un enfant ! C'était le meilleur moyen pour qu'il soit la cible de moqueries. Mais pourquoi je pensais à ça maintenant ?

Mère n'apprécie pas que je la suive partout. Lorsque je la vois s'éloigner avec le réparateur, je préfère donc remonter dans ma chambre. Je fais bien, puisque j'ai à peine refermé la porte que le téléphone sonne.

— Allô ?

— Allô, Colombe ? C'est Juliette. Je suis avec Morgane, chez moi, tu veux venir nous rejoindre ?

— Eh bien, je ne sais pas trop, j'ai ma majorité, ce soir, ma mère aura peut-être besoin de moi.

— Tu n'as qu'à lui demander.

— Là, elle est occupée avec le réparateur. La machine à coudre est tombée en panne, expliquai-je.

— Très bien, alors on vient. Il faut que tu t'amuses avant ta majorité.

Je n'ai même pas eu le temps de répondre qu'elle avait déjà raccroché. Juliette et Morgane sont mes amies du lycée. Je les apprécie beaucoup, elles arrivent toujours à me surprendre.

Je repense alors à ma majorité. Cette fête allait officiellement faire de moi une adulte. À 17 ans. Il me resterait un an de lycée, un an pendant lequel je devais choisir mon orientation finale au niveau de mes études tout en trouvant un mari. Je connais ma mère, elle va vouloir me faire rencontrer tous les hommes célibataires de Colombes, la ville où nous vivons.

Oui, je sais, je porte le même nom que la ville où je vis, mais là où ma mère a été subtile, réside dans le fait que la ville porte un « s » à la fin, et pas mon prénom. Même si certains professeurs ont quand même réussi à se tromper en écrivant mon nom lorsque j'étais plus jeune, maintenant le problème ne se pose plus, et heureusement, car c'est fatiguant de devoir reprendre tout le monde à chaque fois.

La sonnerie retentit : les filles sont arrivées. Je descends rapidement, et cours presque, mais je m'arrête lorsque je vois ma mère et le réparateur. Évidemment, les deux sont tournés vers moi, vu la discrétion avec laquelle j'ai couru.

— Veuillez l'excuser, dit ma mère en regardant le réparateur. Ma fille ne se rend pas toujours compte de ce qu'elle fait.

— Mère, si j'ai couru, c'est pour vous éviter de vous lever pour rien. Ce sont mes amies qui sont venues me voir.

— Et pourquoi ne pas m'avoir prévenue ?

La sonnerie retentit à nouveau.

— Elles m'ont prévenue il y a quelques minutes par téléphone. Je n'ai pas voulu vous déranger avec le réparateur.

Sans me répondre, ma mère ouvre la porte.

— Bonjour. Je vous en prie, entrez.

— Je crois que je vais y aller, dit le réparateur. Mon travail est terminé. Au plaisir de vous revoir, Mademoiselle, et Madame.

Il remet son haut-de-forme avant de sortir. Vraiment étrange, cet homme. Les filles, quant à elles, entrent et nous montons dans ma chambre silencieusement.

2.

— Qui était l'homme qui est parti ? demande Juliette, assise en tailleur sur mon lit.

Elle a le don d'entrer directement dans le vif du sujet, mais ça ne m'étonne pas d'elle, puisqu'on est entre nous. Les étrangers sont rares ici, alors voir un inconnu attise toujours la curiosité, surtout quand cet inconnu est un homme et que ce sont Juliette et Morgane qui le voient.

— Le réparateur, répondis-je d'un ton détaché.

— Il est très mignon, en tout cas, fait remarquer Morgane

— Peut-être, mais il est bizarre, expliquai-je. Je veux dire, il a l'air d'être quelqu'un de différent des autres. Et je ne suis pas sûre que ce soit une bonne chose.

— A ce point ? Mais pourquoi ? demande Juliette, visiblement déçue.

— Pour commencer, il a enlevé son haut-de-forme seulement lorsqu'il a vu ma mère dans le salon. Alors qu'on sait tous très bien qu'il faut enlever son couvre-chef dès qu'on entre dans une maison.

— En effet, c'est étrange. C'est peut-être un étranger, propose Morgane.

L'idée ne m'avait même pas traversé l'esprit.

— Mais oui, ça doit sûrement être ça, répondis-je.

— Et ta majorité, comment ça s'annonce ? demande Morgane.

— Bien pour l'instant, d'après ma mère. Mais je dois avouer que ça me fait un peu peur. Pas de devenir adulte, mais que la fête se passe mal. C'est un moment important de la vie, et je n'aimerais pas que ce soit gâché par quelque chose.

— C'est normal, ça, Colombe, mais ne t'inquiète pas, tout se passera bien, me rassure Juliette.

— On ne pourra pas être là, malheureusement, mais on pensera très fort à toi, ajoute Morgane.

— Merci les filles !

Je les prends dans mes bras. J'avais oublié, mais c'est vrai que la majorité est une fête réservée à ceux qui ont déjà fait la leur, autrement dit aux adultes. Mes amies étant nées après moi, elles n'ont pas le droit de venir. Mais au moins moi je pourrai aller à la leur, pour les soutenir, et cette idée me réchauffe le cœur.

Ça y est, c'est le grand moment. Depuis tout à l'heure, j'entends les invités arriver, parler, boire et manger sans moi. Je n'ai pas encore fait mon entrée, mais ça ne va pas tarder. Je me regarde une dernière fois dans le grand miroir, comme je me suis habituée à l'appeler. La robe que ma mère a choisie pour moi est juste parfaite. D'ailleurs, ça ne m'étonnerait pas que ce soit elle qui l'ait confectionnée, car c'est une excellente couturière.

C'est une longue robe blanche, avec une petite traîne, et un grand décolleté, et des bretelles épaisses qui me tombent sur les épaules. Mais je ne peux pas sortir comme ça, ma tenue serait trop indécente. Ma mère m'a donc rajouté un châle léger, qui couvre mes bras, et des gants pour couvrir mes avant-bras.

Le décolleté me gênait un peu au début, je ne suis pas habituée, mais la manière dont le châle retombe le couvre parfaitement, du moins de manière à ne pas me gêner. Mes cheveux, eux, sont attachés en un chignon qui laisse retomber des boucles brunes. J'ai aussi deux mèches qui retombent de chaque côté de mon visage. Mère m'avait mis un rouge à lèvres léger rose, et un mascara tout aussi discret.

Elle entre dans ma chambre sans même frapper, interrompant l'ultime inspection de mon reflet.

— C'est l'heure, Colombe.

Ma mère est vraiment nerveuse, je ne l'ai jamais vue dans un état pareil. Je la suis en silence. J'arrive à peine en haut des escaliers que la musique au violon commence et que tous les regards sont posés sur moi. Je descends les marches, une par une, seule. Comme la tradition l'exige, ma mère me regarde du haut des escaliers. Je préfère ne pas me tourner vers elle, de peur de tomber en manquant une marche, et il ne faudrait vraiment pas que ça m'arrive maintenant. Une fois que j'arrive en bas des escaliers, les invités s'écartent, ce qui crée un chemin. Je m'avance, sentant que chaque pas est décisif et symbolique. Une fois arrivée au bout, le maire m'attend. Je m'arrête de marcher face à lui.

— Colombe Plantier, en ce 21 juin 2600, je t'annonce que tu es officiellement adulte et en capacité d'exercer tous tes droits.

Le maire dépose une couronne de fleurs sur ma tête.

— Tu as maintenant le devoir d'être une femme responsable et irréprochable.

Tout le monde applaudit. La cérémonie est terminée. Le maire, qui paraissait si sérieux il y a un instant, a maintenant le visage éclairé par un sourire. Il me serre la main.

— Félicitations, Colombe, bienvenue dans le monde des adultes.

— Merci, M. le maire, répondis-je.

Il s'éloigne, et peu à peu, la fête reprend. Rapidement, ma mère me rejoint suivie d'un couple, des amis de mes parents.

— Félicitations, Colombe, me dit Renée.

— Merci.

— Tu es vraiment magnifique, me complimente Eric, son mari.

— Merci, mais c'est grâce à mère.

Pendant au moins une demi-heure, tout le monde vient me féliciter, puis peu à peu, cela se calme. Il faut croire que la nourriture est plus attractive que moi ! Et pourtant, il n'y a que les trois quarts des invités que j'ai pu saluer. Les autres me sont toujours inconnus.

Soudain, ma mère revient me voir, suivie d'un jeune homme, cette fois. Quand je disais qu'elle allait me faire rencontrer tous les hommes célibataires de Colombes !

— Colombe, je te présente Damien, le fils de M. Pasc, notre médecin.

— Oh, enchantée, répondis-je en serrant la main de Damien.

— Toutes mes félicitations, me dit Damien.

Ses yeux bleu clair plongent dans les miens, et soudain je comprends ce que ça fait, d'être adulte. Il me voit comme une potentielle future épouse. Et je dois avouer que je n'apprécie pas vraiment que l'on me force à choisir ou qu'on me mette la pression. Je préfère faire mes propres choix sans que l'on tente de m'influencer d'une manière ou d'une autre, même si c'est pour la bonne cause.

— Je vous laisse faire plus ample connaissance, dit ma mère avant de s'éloigner.

Un lourd silence s'installe. Je ne sais pas de quoi je suis censée parler avec Damien.

— Vous verrez, ça change la vie d'être adulte, commence-t-il alors.

— Je sais, j'ai remarqué.

— Déjà ? s'étonne le jeune homme.

— J'ai vu comment vous me regardez. Vous essayez de m'imaginer en tant qu'épouse, n'est-ce pas ?

Décontenancé, Damien ne semble pas savoir quoi répondre.

— Euh… Eh bien…

— Je n'aime pas trop que ma mère s'immisce dans mes histoires personnelles, et je suis sûre que c'est ce qu'elle a fait.

Le visage complètement rouge, il a l'air terriblement gêné. Après un bref silence, il s'éloigne, tentant de retrouver contenance en buvant.

— Waouh, vous lui avez dit ses quatre vérités, à celui-là.

Je suis devant le buffet, et la voix vient de derrière moi. Surprise, je me retourne, et voit le réparateur de ce matin. Je ne savais pas qu'il était invité !

— Vous êtes le réparateur, non ?

— Je ne me suis pas présenté à vous officiellement. Je suis Léodagan de Ligneu.

— Je sais, j'étais là quand vous vous êtes présenté à ma mère, soulignai-je en souriant. Il y a quelque chose d'étrange, quand même.

— Ah oui, quoi donc ? demande M. de Ligneu, intrigué.

— Vous avez un nom peu courant, si je ne m'abuse.

— Où voulez-vous en venir exactement ?

— Léodagan, ce n'est pas un prénom qu'on donne à un enfant. C'était le nom du roi de Carmélide, à l'époque du roi Arthur.

— Je sais. On va dire que ma mère a beaucoup d'imagination.

— Pourquoi « on va dire » ? Ce n'est pas la vérité, du moins pas la vérité en entier.

Son visage changea d'expression. Il était amusé.

3.

— Qu'est-ce qui vous amuse, M. De Ligneu ? demandai-je innocemment.

— Vous êtes vraiment quelqu'un d'incroyable, Mlle Plantier.

Moi ? Incroyable ? C'est bien la première fois qu'on me dit une chose pareille ! Il se moque de moi, c'est sûr !

— Arrêtez de vous moquer de moi, répondis-je.

— Mais je ne me moque pas de vous, se défend-il. Je le pense vraiment.

Il me fait un clin d'œil avant de s'éloigner. Je le regarde se perdre dans la foule, dans l'incompréhension la plus totale.

La fête continue de battre son plein pendant une ou deux heures supplémentaires, avant que les invités ne partent peu à peu. Je ne cesse de penser à M. De Ligneu. Qu'est-ce qu'il voulait dire par là ? Et puis, ce clin d'œil, qu'est-ce que ça signifiait ?

— Tu es bien pensive, ma fille, dit soudain ma mère, me faisant légèrement sursauter.

— Désolée. Je…

— M. De Ligneu t'a fait forte impression, n'est-ce pas ?

— Oui, enfin, non…je… je ne sais pas quoi penser de lui, en fait.

— Pourquoi ? Il a eu un comportement déplacé, ou étrange ? Je peux tout de suite appeler la police, dans ce cas !

— Non… non, mère, c'est inutile. C'est juste qu'il a l'air d'être quelqu'un de surprenant.

— Figure-toi que M. De Ligneu m'a fait une proposition, révéla-t-elle. Il voudrait que tu travailles pour lui.

— Que je travaille pour lui ?

— Oui, il tient une boutique où il revend des objets d'occasion, et parfois il se déplace pour réparer des objets, s'il y a besoin, comme il l'a fait pour nous, ce matin.

— Mais qu'est-ce que je ferai, moi ?

— Tu serais… comme une sorte d'assistante, je suppose.

— Et ce serait à partir de quand ?

— Dès demain. M. De Ligneu viendra te chercher.

Après ces nouvelles informations, je suis remontée dans ma chambre et me suis changée avant de m'endormir rapidement. Cette journée, et surtout cette fête, venaient de m'épuiser !

Je suis dans le noir le plus complet. Je marche à l'aveugle, mais marchais-je vraiment ? Soudain, une immense lumière tombe du ciel. Je vois le visage d'une femme, une géante, apparaître dans le halo lumineux. Ses cheveux, qui semblent blancs dans cette lumière aveuglante, bougent comme s'il y avait du vent, mais je ne sens rien.

— Colombe Plantier. Tu dois faire face à ton destin.

— Qui êtes-vous ? Et comment vous permettez-vous de me tutoyer ? Il est formellement interdit de…

— De tutoyer une personne si elle n'est pas de la famille proche ou si elle est majeure.

Devant mon regard interrogateur, elle n'a pas d'autre choix que de s'expliquer.

— Peu importe qui je suis. Sache que j'ai le droit te tutoyer, Colombe. Conclus-en ce que tu veux, fais des recherches, il m'est égal qu'un jour tu découvres mon identité. Mais si je suis là, c'est pour quelque chose de plus important. Approche-toi.

Malgré les doutes qui me traversent l'esprit, je m'exécute, et sens qu'elle passe un collier autour de mon cou.

— Qu'est-ce que c'est ? demandai-je.

— Une clé. La Clé.

— Mais qu'est-ce qu'elle ouvre ?

— C'est à toi de le découvrir, Colombe, mais garde-la précieusement, et ne t'en sépare jamais. Sinon elle disparaîtra et nous serons perdus.

Elle disparait, alors que je voulais lui demander son nom. Tant pis. Je retrouve le noir total.

— N'aie pas peur, Colombe, je suis toujours avec toi, même quand tu ne me vois pas.

C'est la voix de cette jeune femme.

— Même quand tu te réveilleras.

C'est sur ces mots que je me réveille en sursaut, dans mon lit. Mais pourquoi ai-je fait un rêve pareil ? En plus dans les premières secondes où je me suis réveillée, je suis sûre d'avoir entendu sa voix. Elle a terminé sa phrase alors que j'étais réveillée.

Non, je ne suis pas folle. Non, je ne suis pas folle. Non, je ne suis pas folle. C'est ce que je ne cesse de me dire, alors que je suis assise sur mon lit. Non, je ne suis pas folle. Je sais ce que j'ai entendu. Et c'était réel.

Je réalise alors que je sens un contact froid sur ma peau, au niveau du cou. Instinctivement, je pose ma main là où le frais se fait sentir. Une clé. La Clé. Celle de mon rêve. Mais c'est impossible, n'est-ce pas ? Alors ce n'était pas qu'un rêve ? Cette femme existe vraiment, je l'ai vraiment entendue, et elle m'a vraiment confié cette clé. Elle a dit que c'était important. J'aimerais bien savoir pourquoi.

Je me tourne vers la fenêtre. Il fait encore nuit. Il doit être extrêmement tôt, alors, puisque cette nuit est censée être la plus courte de l'année. Mais je sais déjà qu'il m'est impossible de m'endormir. Intriguée par cette clé, je la saisis et la pose dans ma main. C'est étrange, quand elle est dans mes mains, la corde disparaît, me laissant seule avec une clé, et non plus avec un pendentif en forme de clé.

Elle est dorée, et légère. C'est une petite clé. Tant mieux, elle passera inaperçue aux yeux de ma mère. Une vieille clé comme on en faisait il y a longtemps. Elles n'ont plus cette forme-là, maintenant. Cette clé doit avoir au moins 200 ans, et sûrement plus ! Mais elle est très petite, et passerait sûrement pour un vieux collier que j'aurais acheté dans un magasin d'antiquité.

Voilà que j'ai fini l'inspection de l'objet tout droit sorti de mes rêves, comment j'allais la remettre autour du cou ? Tout cela était vraiment étrange. Je défie la clé du regard, comme si elle me cachait quelque chose. Oui, cette clé cachait forcément quelque chose, puisque c'était une clé. Elle ouvrait forcément une porte, ou un coffre, ou quoi que ce soit d'autre. Autant tout essayer. Je pose la clé sur mon cou, et d'un coup, le fil du collier réapparaît. Comment cela est-il possible ? Peut-être est-ce un fil rétractable, qui rentre dans la clé quand elle n'est pas posée ? Non, cette théorie me paraît peu probable.

Maintenant que cela est réglé, que vais-je faire ? Le peu de fatigue que j'avais s'est envolé. Je m'approche de la fenêtre, songeuse.

Cette clé me donne l'impression d'être une hors-la-loi. Dès qu'un comportement est étrange, ici, la police s'en mêle. Je ne devais surtout pas avoir l'air étrange. Sinon ce serait la catastrophe, et ça il en est hors de question.

Plus que tout, j'ai peur de laisser ma mère toute seule. Pourtant, je sais que tôt ou tard, il faudra que je quitte la maison. Où est mon père ? C'est une bonne question, ça. Il est un homme d'affaires très occupé. Je ne sais même pas en quoi consiste son travail. La seule chose que je sais, c'est qu'il reviendra dans une semaine.

Je lui en veux, et pourtant je l'aime, mon père ! Il n'est pas toujours présent, mais quand il est là, l'ambiance est bien meilleure à la maison ! Mère est plus joyeuse, et son attention n'est plus focalisée sur moi. Ce n'est pas que je veux faire des bêtises, mais avoir sa mère tout le temps sur le dos, c'est difficile à gérer. Vraiment. Ma mère est gentille, mais un peu trop sévère. Même beaucoup trop. Mais je l'aime comme ça et c'est ce qui compte, du moins à mes yeux.

Le ciel commence à devenir légèrement plus clair. J'ai rarement eu l'occasion d'assister à un lever de soleil, mais je me souviens que c'est joli à voir. Quand le ciel se rosit et que les premiers reflets rouge-orangé du soleil illuminent ma chambre, je me rends compte à quel point ma vie est belle, et j'espère que l'apparition soudaine de cette clé ne va rien y changer.

4.

Après le lever du soleil, j'ai mis une heure à me préparer puis je suis descendue, surprenant ma mère par mon côté matinal.

— Colombe ? Qu'est-ce que tu fais debout, à cette heure-là ? me demande-t-elle.

— Je pourrais vous retourner la question, mère.

— Tu sais très bien que je dois commencer tôt le travail.

— J'ai souvent tendance à l'oublier, pardonnez-moi.

Nous sommes dans la cuisine. Mère prépare le petit-déjeuner. Enfin… elle en prépare une partie, car je vois qu'elle est passée par la boulangerie. En me jetant un regard bref, elle remarque que je regarde le sachet de la boulangerie.

— Je suis passée par la boulangerie, ce matin, trouve-t-elle utile de préciser.

— C'est ce que je vois.

— Tu peux te servir. Je t'ai pris un pain au chocolat.

C'est vrai que j'ai faim, ça fait déjà plusieurs heures que je suis debout, et je n'ai encore rien avalé.

Je me saisis du sac et y prends le pain au chocolat

que je mange rapidement.

— Promets-moi une chose, ma fille, me demande ma mère, ne mange jamais comme ça en public, est-ce que c'est clair ?

— Oui, mère, bien sûr ! Je… je suis désolée, je suis debout depuis un bon moment, et je n'avais rien mangé alors…

— Ne te cherche jamais des excuses, et raconte toujours la vérité. Est-ce que j'ai été claire ?

— Oui, mère.

C'est dans ces moments-là que ma mère me fait peur.

Deux heures après, alors que je suis installée dans le salon en train de lire un livre, la sonnerie retentit.

— Va ouvrir, Colombe, je travaille ! Et si c'est M. De Ligneu, ne perds pas de temps à le faire venir jusqu'ici ! s'écrie ma mère depuis son atelier.

Je pars ouvrir, un peu nerveuse. C'est bien M. De Ligneu.

— Bien le bonjour, Colombe. Vous permettez que je vous appelle par votre prénom ?

— Bien sûr, surtout si vous devenez mon patron.

— Donc vous acceptez ? demande-t-il, plein d'espoir.

— Bien sûr que j'accepte !

— Je devrais saluer votre mère, non ?

— Ce n'est pas la peine, elle m'a dit qu'elle ne voulait pas qu'on perde de temps en salutations.

— Très bien.

Chapitre 4

Nous sortons de la maison, et marchons rapidement, jusqu'à la gare.

— Pourquoi est-ce qu'on s'arrête ici ? On va quitter Colombes ?

— Non, Colombe, dit-il, ne pouvant s'empêcher de sourire à cette répétition de mots. Nous allons sous la gare.

— Sous la gare ? Est-ce possible ?

— Évidemment ! C'est là que se trouve mon magasin.

Nous entrons dans la gare et marchons jusqu'au mur du fond, puis nous prenons un escalator qui descend, et que je n'avais encore jamais vu ici.

— Et comment les gens font-ils pour aller jusque dans votre magasin ? demandai-je avec curiosité.

— Comme nous, Colombe, comme nous !

— Mais… Comment connaissent-ils l'existence de votre magasin ? Je veux dire… ce n'est pas pour vous vexer, mais moi je ne savais pas qu'il y avait un magasin à la gare jusqu'à aujourd'hui.

— Mon magasin… il se montre aux gens quand ils en ont besoin, explique M. De Ligneu.

— Donc ce que vous êtes en train de dire, c'est que jusqu'à présent, je n'avais pas besoin de votre magasin, mais que maintenant j'en ai besoin ?

— C'est exactement ça !

L'escalier mécanique nous dépose devant un magasin fermé. Rapidement, M. De Ligneu sort une clé et ouvre l'établissement, avant de m'inviter à entrer. Lorsqu'il allume la lumière, je vois des centaines d'objets aussi différents les uns que les autres éparpillés aux quatre coins de la boutique.

— Si je m'attendais à ça ! je ne peux m'empêcher de dire.

— Surprenant, non ? Ça a toujours cet effet-là lorsque les gens viennent pour la première fois.

Je tourne sur moi-même, tentant de me repérer à travers les rayonnages.

— Ici, on trouve de tout, Colombe. Des allumettes, des poignées de porte, en passant par les portes elles-mêmes… Des jeux pour enfants, de la laine pour tricoter…

— Comment faites-vous pour obtenir tous ces objets ?

— Des gens viennent me les vendre. Certains sont cassés, et dans ce cas-là, je les répare avant de les revendre.

— Et votre boutique marche vraiment ?

— Des gens viennent des quatre coins du monde pour y chercher ce dont ils ont besoin.

— Et quel sera mon rôle dans tout ça ?

— Vous serez mon assistante. Pendant que je réparerai des objets, vous pourrez vous occuper des clients. J'ai reçu récemment un carton rempli de téléphones, de mixeurs, et de bien d'autres choses à réparer.

Soudain, quelqu'un entre dans le magasin, faisant retentir une légère mélodie.

— Je vais vous montrer comment faire.

C'est ainsi que pendant une semaine, M. De Ligneu

m'a montré tout ce que je devais être capable de faire, c'est-à-dire accueillir les clients, les renseigner, s'occuper de la caisse, ranger les articles… C'est un travail fatiguant, mais qui me passionne ! En plus de ça, ça me permettra de pouvoir m'acheter de nouveaux vêtements, et de nouveaux livres ! J'aime beaucoup lire. La violence est totalement interdite dans les livres. Seuls les faits y sont retranscrits, avec par exemple des biographies, ou bien l'histoire de différentes villes, pays… Voilà ce que sont les livres d'aujourd'hui.

Je suis en train de penser à cela, lorsque M. De Ligneu sort de l'arrière-boutique, dans laquelle je n'ai jamais osé aller.

— C'est l'heure de la pause pour le déjeuner, Colombe.

— Oui, je sais, j'allais partir.

— Je me suis arrangé avec votre mère. Ce midi, nous mangerons ensemble, j'aimerais vous parler.

— C'est ce que vous avez dit à ma mère ? demandai-je surprise.

— Non, pas exactement, avoua-t-il en se passant la main dans les cheveux. Je lui ai juste dit que ça serait plus pratique. Vous venez ?

Ça ne m'étonne pas. Avec une telle franchise, Mère n'aurait jamais accepté que je me retrouve seule avec M. De Ligneu.

— Où ça ?

— Dans l'arrière-boutique, bien sûr !

— Mais…

— Qu'y a-t-il donc ? demande-t-il.

— Vous me faites assez confiance pour me laisser entrer dans l'arrière-boutique ?

— Pourquoi ne devrai-je pas vous faire confiance ? Vous êtes une employée remarquable, Colombe Plantier. J'ai vu plus de clients en une semaine depuis que vous êtes ici qu'en un mois en votre absence.

— Ne mentez pas, M. De Ligneu. Ce que vous dites est tout bonnement impossible.

— Venez, nous parlerons de tout ça en mangeant.

Je le suis dans l'arrière-boutique, aménagée pour faire la réparation de différents objets. Au loin, j'aperçois un escalier.

— Où mène cet escalier ? demandai-je.

— Vous le saurez un jour, peut-être.

C'est sur ces paroles mystérieuses que nous nous asseyons, et commençons à manger. Des plats tout prêts étaient disposés sur la table. Heureusement que je n'ai pas refusé, il a dû se donner du mal pour cuisiner.

— De quoi vouliez-vous me parler ? demandai-je en commençant à manger.

— Eh bien, pour commencer, je me demandais où vous aviez réussi à trouver ce collier.

— C'est… compliqué, dis-je en détournant le regard.

— Vous savez, vous pouvez tout me dire, je ne le raconterai à personne.

— Même pas à ma mère ? Même pas à la police ?

— A la police ? Mais pourquoi ferais-je une chose pareille ? Avez-vous volé cette clé ?

— Non, l'arrêtai-je immédiatement. Quelqu'un me

l'a donnée.

— Et qui ça ? Cette clé est très ancienne !

— Je sais, je n'aurai jamais su que c'était une clé si elle ne me l'avait pas dit.

— Elle ?

Devant mon silence, il continue :

— Vous êtes obligée de tout me raconter maintenant, vous en avez trop dit. Si vous me révélez votre secret, je vous révèlerai un des miens.

— Un des vôtres ? Vous avez donc plusieurs secrets, conclus-je.

— Ce n'est pas le propos. Pour l'instant on parle de vous. Alors ?

Après quelques secondes de réflexion pour trouver les bons mots, j'explique :

— En fait, cette femme que… que je ne connais absolument pas, m'a donné cette clé mais… dans mes rêves. Je rêvais lorsqu'elle l'a fait. Et quand je me suis réveillée, j'avais cette vieille clé autour du cou. Vous devez me prendre pour une folle, maintenant…

— Mais non, ne dites pas ça… Au contraire, je trouve ça génial ! Vous vous rendez compte de la chance que vous avez ? Vos rêves deviennent réalité !

Je souris à cause de ce qu'il vient de dire.

— Vous le pensez vraiment ?

— Bien sûr ! Maintenant que vous m'avez dit un secret, je vais vous en dire un à mon tour, c'était ce qui était convenu, non ?

J'acquiesce.

— Eh bien… je ne viens pas de Colombes, en fait.

— Vraiment ?

Alors la théorie de Morgane était juste ? J'aurais dû m'en douter, je me suis fait des idées pour rien, il n'y avait aucune raison de se méfier de M. De Ligneu.

— Je viens d'une contrée lointaine, où les gens sont différents.

— Différents ? C'est-à-dire ?

— Ils ont des capacités hors du commun, ils sont spéciaux.

— Donc vous êtes quelqu'un de spécial ?

— Vous ne l'aviez pas déjà remarqué ?

— Si, vous ne vous comportez pas comme les gens d'ici.

Je marque une pause, cherchant mes mots, avant de reprendre :

— Vous savez, les étrangers sont rares, ici. Les gens s'en méfient.

— Mais pas vous ? s'étonne M. De Ligneu.

— J'ai toujours trouvé ma mère trop stricte, me surpris-je à avouer en toute sincérité. J'aime qu'il y ait des règles claires à respecter, ça structure la vie personnelle et la société en général, c'est une très bonne chose. Mais me les rappeler sans cesse, je n'en ai pas besoin ! Mais ça, ma mère ne l'a pas encore compris… Je m'égare, pardonnez-moi, M. De Ligneu.

— Non, ne vous excusez pas, c'était très intéressant.

Soudain, la mélodie annonçant l'arrivée d'un client parvient jusqu'à nous. C'est assez étrange, on est fermés, à cette heure-ci.

— Je vais y aller, continuez de manger, Colombe, me dit mon patron avant de se lever et de quitter l'arrière-boutique.

Il y a quelques instants de silence, entrecoupés d'abord de bruits de pas, puis j'entends des éclats de voix :

— Vite, il faut que tu m'aides !

— Mais je ne peux rien faire, répond M. De Ligneu, je travaille là !

— Mais ils sont à mes trousses, fais quelque chose, au nom de notre amitié !

L'autre personne semblait très angoissée. C'était une femme.

— Ok, j'ai peut-être quelque chose qui peut t'aider.

Intriguée, je n'ai qu'une envie, retourner dans la boutique, et voir ce qui se passe. Cette arrivée subite a piqué ma curiosité. Mais M. De Ligneu m'a demandé de rester ici, c'est qu'il y a forcément une raison. Peut-être un lien avec l'un de ses secrets ?

Je l'entends qui cherche quelque chose, qui fouille plusieurs rayons du magasin.

— Ah, ça y est, j'ai trouvé ! Avec ça, tu seras tranquille.

— Une cape d'invisibilité ? répond l'autre personne, surprise.

— Moins fort ! Il y a mon assistante dans l'arrière-boutique !

— Ton assistante ? Depuis quand tu…

— Ce n'est pas le moment ! On était en train de déjeuner, là, et si jamais elle entend…

— J'ai compris, je ne te dérange pas plus longtemps, salut, et merci beaucoup, tu me sauves la vie !

J'entends la personne sortir. M. De Ligneu réapparait sur le seuil de l'arrière-boutique, tout sourire.

— Qu'est-ce que c'était ? je demande innocemment.

— Quelqu'un qui avait besoin d'une aide urgente. Où en étions-nous ? demande-t-il en se rasseyant à sa place.

— Eh bien, je crois que vous me devez quelques explications, cher monsieur.

— À quel propos ? demande mon patron, commençant à cerner mes intentions.

— Je dirai à propos d'une cape d'invisibilité, par exemple. Non, mais vous vous rendez compte de ce que vous vendez ? Si jamais quelqu'un de l'extérieur apprenait ça, vous fermeriez boutique immédiatement !

— Je connais les risques que je prends, et si je les prends, c'est que c'est utile.

— Je n'ai jamais dit le contraire. Ce que je dis, c'est que j'aimerais que vous m'expliquiez.

— Avant que je vous dise quoi que ce soit, que pensez-vous avoir découvert ?

— L'existence de la magie, répondis-je sans hésitation. Si j'ai pu recevoir une clé dans mon rêve, et si vous avez pu donner cette cape d'invisibilité, ce ne peut être dû qu'à la magie ou au moins quelque chose de surnaturel, non ? Et aussi, qui était cette personne ? Elle vous a tutoyé, c'est qu'elle doit vous connaître. Et qui sont ces personnes à ses trousses ?

Je m'interromps alors, me rendant compte de ce que je suis en train de faire. Je suis tout simplement en train de submerger M. De Ligneu de mes questions. Mais qu'est-ce qui me prends de m'immiscer autant dans les affaires de quelqu'un que je connais à peine ? Je perds toute ma bonne éducation, là ! Il va sûrement me mettre à la porte, c'est sûr ! J'ai découvert quelque chose d'important, je le sais, et s'il ne veut pas que je sois au courant, il va me demander de quitter mon poste.

— Je… Pardonnez-moi, Monsieur. Je… Je me suis montrée trop indiscrète, je crois, et je comprendrai parfaitement que vous souhaitiez que je quitte mon poste immédiatement.

C'est comme ça que ça fonctionne, ici. À la moindre faute, on risque de perdre son travail. C'est sévère, certes, mais nécessaire pour fournir un travail de qualité. Et maintenant il est facile de trouver du travail, du moins plus facile qu'au XXIe siècle, enfin… c'est ce qu'on m'en a dit.

Ils avaient quelque chose qui s'appelait le chômage, d'après mes souvenirs d'école. Ils pouvaient rester des années au chômage, sans travail. C'est inconcevable, aujourd'hui. Nous avons enfin trouvé le bon équilibre. Tout commence au niveau des études. Dès tout petit, on apprend bien sûr à lire, écrire, compter, calculer, mais très vite, on choisit les sujets d'études que l'on aime le plus. On peut en changer n'importe quelle année, mais généralement, dès le collège on commence à savoir ce qu'on aime et ce qu'on n'aime pas.

Revenons à M. De Ligneu. Je me lève, prête à prendre mes affaires et partir. Lui ne me quitte pas des yeux. Je reste debout devant lui, attendant une réponse de sa part. Nous nous regardons droit dans les yeux, et je ne suis pas sûre qu'un tel regard entre deux inconnus soit permis. C'était très franc et honnête, comme une conversation sans aucun mot, mais j'ignore quel en était exactement le sujet. Je suis juste là, et je le regarde alors qu'il me regarde, trop longtemps pour que ce soit banal.

Au bout de quelques secondes, je commence à me demander ce qu'il attend pour me répondre. Il me regarde toujours dans les yeux.

— M. De Ligneu ?

— Pardon ? répond-il en secouant la tête, comme s'il sortait d'un rêve. Oh, euh… je… je suis désolé, je me suis perdu dans tes ye… je veux dire dans vos… enfin peu importe. Vous n'avez pas besoin de partir, parce que je vais tout vous expliquer.

Je me rassois en face de lui.

— Il y a tout un… monde… tout un tas de choses que… que vous ne connaissez pas, Colombe. Et j'en fais partie. C'est quelque chose qui vous dépasse, mais je crains que vous n'y soyez intimement liée.

— De quoi voulez-vous parler exactement ?

— Jurez-moi de ne rien raconter de ce que je vais dire.

— Je vous le promets, répondis-je immédiatement.

— Eh bien, comme vous vous en doutez, ma boutique n'est pas… traditionnelle. Elle est un peu spéciale, quoi. C'est parce que je suis ce qu'on appelle un Fournisseur.

— Ça c'est pas nouveau.

— Non, vous ne comprenez pas bien. Mon rôle est de fournir les gens, mais pas seulement des gens ordinaires. Quand je vous disais que des gens des quatre coins du monde venaient ici, nous pouvons même parler des quatre coins de l'univers.

Je le dévisage, impressionnée par ce que toutes ces révélations impliquent comme vérités.

— Vous parlez d'une vie extra-terrestre, c'est bien ça ? finis-je par demander.

— Oui, vous comprenez vite, me répond M. De Ligneu en souriant. Mais il n'y a pas que ça.

— Ah bon ?

— Les objets de cette boutique… Vous semblez avoir entendu ma conversation avec Maggie, tout à l'heure, alors…

— Elle s'appelle Maggie ?

— Oui, c'est une vieille connaissance. Bref, vous comprenez que certains, voire beaucoup de ces objets sortent de l'ordinaire ?

— Oui, mais comment vous les procurez-vous ?

— Eh bien, de différentes façons : lors d'expéditions, de ventes aux enchères, ou comme je vous le disais plus tôt, certains viennent me vendre des objets, parfois endommagés, et je les revends, et les répare d'abord pour ceux qui en ont besoin.

— Je vois… Mais en quoi suis-je liée à tout ça ?

Le regard de M. De Ligneu s'attarde sur la clé que

je porte autour du cou.

— Oh… Mais oui, bien sûr ! je m'écrie en saisissant la clé dans ma main, faisant disparaître le fil du collier. C'est de magie dont vous voulez me parler !

M. De Ligneu acquiesce.

— Cette clé n'est pas arrivée jusqu'à vous par hasard.

— Vous savez ce qu'elle peut ouvrir ?

— Non, mais nous tâcherons de le découvrir ensemble. Vous savez, les choses telles qu'elles sont maintenant, ne sont pas du tout comme ça, chez moi. Vous passez à côté de tellement de choses… Mais nous n'avons plus le temps de parler de tout ça ! Nous allons bientôt rouvrir.

5.

Lorsque je quitte la boutique à la fin de la journée pour rentrer chez moi, j'ai encore en tête la conversation que j'ai eue avec M. de Ligneu ce midi. C'était si étrange… comme si on était en train de se connecter sur la même longueur d'onde. Nous ne sommes pas encore complètement ajustés l'un à l'autre, mais c'est sûr le point d'arriver.

C'est dingue, mais je crois que je plais à M. de Ligneu. C'est fou de penser un truc pareil, n'est-ce pas ? Mais il a failli laisser échapper qu'il se perdait dans mes yeux, c'est qu'il y a bien quelque chose, non ?

— Eh, Colombe !

Je m'arrête soudain de marcher et me retourne, découvrant Charlie, le petit frère de Juliette, âgé de 7 ans. Je lui souris immédiatement, ravie de cette rencontre fortuite.

— Bonjour Charlie ! Comment vas-tu ?

— Très bien, et toi ?

— Très bien aussi, je réponds avant d'entendre des pas pressés se rapprocher de nous.

En levant la tête, j'aperçois la mère de Juliette et

Charlie, agacée sûrement par le comportement juvénile de son fils. Les enfants qui courent ne se rendent pas compte du manque de contenance dans leur comportement. Ce sont des enfants, après tout, n'est-ce pas ? Mais dès le plus jeune âge, on doit intégrer qu'il y a certaines règles à respecter, notamment ne pas courir dans la rue ni héler quelqu'un.

— Charlie, combien de fois devrai-je te dire qu'on ne se comporte pas ainsi en public ? le sermonna Mme Jeanchon discrètement, avant de reprendre sa marche, suivie du petit garçon et moi. Eh bien, Colombe, cela fait plaisir de te croiser ! reprend-elle à mon égard.

— Le plaisir est partagé, Mme Jeanchon, répondis-je poliment.

— Juliette m'a appris que tu travaillais pour M. Léodagan de Ligneu, est-ce exact ?

— Oui, madame, répondis-je.

— Comptes-tu travailler longtemps dans cette boutique ? Il faudra bien un jour que tu songes à chercher un époux, et dans les plus brefs délais.

— Je ne m'inquiète pas pour cela, vous savez. Je pense que je suis capable de travailler et de trouver un excellent époux en un an.

— Je ne doute pas de tes capacités, ma chère, c'est seulement que les hommes préfèrent les femmes qui ne travaillent pas encore, et qu'ils peuvent aider à trouver le meilleur emploi pour elles.

— Je comprends, madame, mais le fait est qu'un homme a jugé que j'avais les capacités de travailler pour lui maintenant, je ne voyais pas de raisons de refuser : j'ai terminé mes études obligatoires et j'ai les capacités pour effectuer correctement mon travail. C'est une opportunité qui ne se représentera peut-être pas. Néanmoins, j'apprécie le conseil que vous vous évertuez à me donner, je tâcherai de le conserver dans un coin de mon esprit, peut-être me sera-t-il utile quand je m'y attendrai le moins.

La mère de Juliette a compris que je ne partageais pas son point de vue, mais le fait que je termine par la remercier de son conseil et d'apprécier ce dernier équilibre la balance, du moins je l'espère. Ce n'est pas vraiment le bon moment pour se créer une mauvaise réputation.

Elle finit par me sourire au bout de quelques secondes, alors que nous continuons d'avancer, puis reprend :

— Dis-moi, as-tu déjà commencé à chercher un époux ?

— A vrai dire… non, pas vraiment, répondis-je. J'ai seulement commencé à réfléchir à quelles personnes je pouvais envisager pour jouer ce rôle-là dans ma vie… mais je n'en suis qu'à un stade de réflexion.

— Et quels noms sortent de cette réflexion pour le moment ?

C'est qu'elle ne veut vraiment pas lâcher l'affaire, Mme Jeanchon ! Au fond de moi, je n'ai qu'une envie : lui dire qu'elle n'a qu'à s'en chercher un, d'époux, si ça lui tient tant à cœur, parce que moi, je ne vois pas en quoi j'ai nécessairement besoin d'un homme dans ma vie, là, tout de suite. Je suis heureuse, plus que je ne l'ai jamais été dans ma vie. Je peux subvenir à mes besoins grâce à mon travail, et…

Je n'ose pas continuer le fil de mes pensées, ce serait… non, je ne peux même pas l'envisager. Ce serait un tel scandale… mais l'image se forme dans mon esprit. Moi, Colombe, vivant dans mon propre appartement toute seule ! Je pourrais, j'en ai les moyens, maintenant, mais… une femme ne vit jamais seule dans un appartement. Un homme non plus d'ailleurs, sauf exceptions, comme un âge avancé sans être marié, ou des parents qui décèdent.

Mais je divague, la mère de Juliette attend ma réponse !

— Ma mère m'a présenté Damien Pasc le jour de ma…

— Oh, c'est vrai que je l'avais aperçu à la fête de ta majorité ! semble se souvenir Mme Jeanchon. C'est un très bon parti, et vous formeriez un joli couple, ensemble. Bon, c'est ici que nos chemins se séparent, à bientôt !

— A bientôt Mme Jeanchon ! Passez le bonjour à Juliette de ma part ! A bientôt Charlie !

— A bientôt Colombe ! me salue le petit garçon.

Je m'éloigne rapidement, naviguant dans les rues pavillonnaires désertes de la ville. Je repense alors à la conversation que je viens d'avoir avec la mère de Juliette. Je ne peux pas me voiler la face plus longtemps : il est nécessaire que je trouve un époux. Certes, j'ai encore du temps, mais il va falloir que j'y pense, et sérieusement, sous peine de subir le terrible courroux de ma mère pendant une éternité !

Un autre nom s'est glissé sur ma liste sans que je ne puisse l'empêcher : Léodagan de Ligneu. Je… je n'ose qu'à peine l'imaginer mais… je sais qu'avec lui je ne m'ennuierai jamais, et surtout que je serai libre. Il ne pense pas comme les gens d'ici, il ne laisse pas la société enfermer ses pensées et ses actes dans des boites étriquées, non, lui, il les laisse déborder et prendre la forme qu'ils souhaitent.

Je ne dis pas que je n'aime pas la société dans laquelle je vis, mais je ne peux que constater à quel point elle nous dicte notre façon de vivre de manière très détaillée, parfois trop. J'aime les règles qu'elle nous impose, car elles permettent l'ordre, mais un jour, peut-être, la règle de trop fera basculer nos agissements, et faire n'importe quoi. Ce jour arrivera peut-être bien après ma mort, néanmoins, je pense qu'il arrivera.

J'ai ce sentiment étrange, qu'à la fois j'aime ma vie, mais qu'il y a une possibilité d'autre chose, d'un ailleurs qui serait plus agréable, et que M. de Ligneu me fait miroiter comme un paradis.

J'arrive finalement jusqu'à la maison. J'entre silencieusement, et perçois alors une voix qui m'est inconnue, mêlée à celle de ma mère. Intriguée, j'enlève mon chapeau et mon manteau avant d'entrer dans le salon.

J'y retrouve ma mère, accompagnée dans sa conversation par un homme âgé d'au moins la cinquantaine, si ce n'est plus. D'un regard bleu acier, les cheveux d'un blanc immaculé coupés courts, il m'examine de haut en bas.

— Tu arrives au bon moment, Colombe, me dit ma mère. Je te présente M. Charles Jornay. Il est banquier et serait un candidat parfait pour être ton époux.

Je faillis perdre contenance. Ma mère pensait sérieusement me faire épouser cet homme qui pourrait être mon grand-père ?! Je me calme intérieurement, avant de répondre :

— Je… je vois. Et vous discutiez de quoi, exactement ?

Je n'ose pas croiser le regard de M. Jornay, j'ai trop peur de ce que je vais y lire. Le mieux est donc de ne pas s'adresser à lui.

— De la possibilité de votre mariage, je lui décrivais à quel point tu étais une fille formidable, répond ma mère avant de me sourire.

Mère ne souriait jamais. Elle se lève soudain.

— Je vais vous laisser discuter quelques instants ensemble, pour que vous appreniez à vous connaître.

Elle quitte alors la pièce, me laissant seule avec Charles Jornay, qui, je dois l'admettre, est quand même très bel homme malgré son âge avancé.

— Eh bien Colombe, vous… vous ne me regardez pas ?

— Je… commençai-je avant de plonger mon regard dans le sien. Je suis désolée, mais…

— Quelque chose vous pose problème ? Mon âge avancé, peut-être ? Je comprendrai que vous ne vouliez pas poser votre joli regard sur un vieux débris comme moi…

— Non… non, ce n'est pas ce que j'ai voulu dire, M.

Jornay, ne vous méprenez pas, je vous prie. C'est juste que dernièrement, le regard des hommes à mon égard a changé, d'une façon qui me dérange profondément, mais sur laquelle je ne peux pas intervenir. J'avais peur de devoir faire face à cela à nouveau, c'est tout.

L'homme acquiesce silencieusement, alors que je reprends :

— Puis-je vous poser une question un peu personnelle ?

— Évidemment, je vous écoute, Mlle Plantier.

— Pourquoi, à votre âge, vous envisagez de m'épouser ? Je veux dire, n'avez-vous pas déjà une femme, à moins que vous soyez veuf, et dans ce cas, veuillez excuser ma question ?

L'homme soupire, avant de répondre :

— J'aurais aimé avoir eu une femme à chérir, malheureusement, aucune ne m'a jamais perçu comme un époux. J'ai eu beau solliciter de nombreux parents, de nombreuses femmes, jeunes comme vous ou bien veuves, je n'ai jamais eu l'occasion de me marier.

Je ne savais pas quoi répondre à cela, je ne m'attendais pas à une histoire pareille ! Comment cet homme avait pu passer autant de temps sans qu'aucune femme jamais ne l'épouse ? Il n'était pas vilain, et semblait intelligent. À moins que peut-être il ne soit un homme violent, ou qu'il ait fait de la prison ?

— Avez-vous fait…

— … de la prison ? complète M. Jornay. Non, Mlle Plantier. Je ne saurai vous expliquer pourquoi les femmes refusent toujours de m'épouser. Mais c'est l'histoire de ma vie, et bien que je le voudrais, je ne peux la changer.

— Bien sûr, M. Jornay, je comprends.

— J'aimerais beaucoup apprendre à mieux vous connaître, un rendez-vous, cela vous conviendrait-il ?

— Parfaitement, répondis-je immédiatement par politesse. Cependant, j'aimerais qu'une chose soit bien claire : ce n'est pas parce que j'accepte ce rendez-vous que j'accepte de vous épouser.

— Évidemment, répond M. Jornay. Je n'attends pas une telle décision de votre part dès maintenant. Vous me voyez ravi de voir que vous me laissez une chance, cela représente beaucoup pour moi.

L'homme me sourit, semblant sincèrement heureux d'avoir obtenu un rendez-vous avec moi. Je lui souris en retour, avant qu'il ne se lève, me saluant, ainsi que ma mère, qui bien sûr, n'était pas loin, et qu'il quitte notre maison.

Presque immédiatement, ma mère me demande :

— Alors, que penses-tu de lui ? Il serait un candidat idéal pour devenir ton époux, non ?

Elle semble aussi excitée qu'un enfant le jour de Noël, ce qui me surprend beaucoup, puisque c'est la première fois que je la vois dans cet état.

— Oui, il n'y a rien qui ne puisse me rebuter à son égard, à part son âge, peut-être.

— Oh, mais l'âge, ce n'est pas important ! réagit immédiatement ma mère.

— Mère, cet homme a l'âge d'être mon grand-père, vous ne pensez quand même pas sérieusement que ce n’est pas un problème ? Et puis, de toute façon, je lui ai laissé une chance. On ne sait jamais, il sera peut-être le candidat idéal, comme vous dites.

6.

Le lendemain, je ne travaille pas, c'est mon jour de congé. J'avais convenu avec mes amies qu'on se verrait, puisque la dernière fois que l'on s'était parlées remontait au jour de ma majorité.

C'est donc à 10 h ce matin que je retrouve Juliette et Morgane dans le parc qui se trouve près de notre lycée.

— Bonjour, Colombe, comment tu vas ? me demande Juliette.

— Très bien et toi ?

— Ça va, répond-elle, à moitié convaincue.

— Et toi, Morgane ? demandai-je, m'intéressant à mon autre amie.

— Ça va, répond-elle.

— C'est moi ou en réalité ça ne va pas ? insistai-je auprès de Juliette.

— Non, c'est rien, c'est juste ma mère qui est beaucoup sur mon dos en ce moment. Avec ta majorité et la mienne qui arrive dans quelques mois, elle… elle est obsédée par l'idée de me trouver le mari idéal.

— Oh, je… c'est vrai que j'ai pu discuter avec elle hier, je l'ai croisée en sortant du travail et… elle semblait vraiment obsédée par ma recherche d'époux.

— D'ailleurs, ça se passe comment le travail ? demande Morgane. J'ai eu l'occasion de revoir M. De Ligneu et… il est très séduisant ! Tu n'as pas pensé à en faire ton mari ?

Je soupire avant de lever les yeux au ciel.

— C'est complètement fou d'envisager une chose pareille, Morgane. Mais… je… c'est quelqu'un de… particulier.

— Particulier dans quel sens ? demande Juliette, intriguée.

— Il… il ne vient pas d'ici, et il a une autre vision des choses, mais… c'est pas quelque chose de mal, c'est juste que… ma mère ne l'accepterait sûrement pas…

— Mais c'est pas ta mère qui va se marier, c'est toi ! Et ton père ?

— Mon père n'est jamais là, alors ce qu'il peut penser ne changera pas grand-chose…

— Et toi, tu… tu voudrais te marier avec M. De Ligneu ? demande Morgane.

— J'en sais rien… je crois que je lui plais, répondis-je en souriant. Et puis… c'est quelqu'un qui a l'air de connaître beaucoup de choses, et puis, il ne juge pas les gens, il est très tolérant, il m'accepte telle que je suis, même quand je fais des erreurs à la boutique…

— Ce n'est pas comme si vous en faisiez souvent, Mlle Plantier.

Je me retourne vivement, reconnaissant immédiatement la voix de M. De Ligneu. Est-ce qu'il avait entendu toute la conversation ?

— Bonjour M. De Ligneu, le saluent Morgane et Juliette.

— Bonjour, je le salue à mon tour. Vous nous espionnez depuis longtemps ?

— Assez longtemps pour savoir que vous n'avez pas répondu à la question posée par vos amies. Est-ce que vous, vous voudriez vous marier avec moi ?

Je reste sans voix face à la question de mon patron. Que dois-je répondre ? Comment ? Avec quels mots, quelle voix, quelle image dois-je donner de moi-même ? Ce qu'il venait de faire ne se faisait pas du tout, les hommes ne demandaient plus les femmes en mariage depuis le XXIIIe siècle, mais je n'arrive pas à lui en vouloir pour ça.

Je suis tellement sonnée que j'entends à peine mes amies nous quitter pour nous laisser discuter en privé. Je n'arrive qu'à fixer M. De Ligneu, incapable de rien d'autre.

— Est-ce que vous comptez répondre à ma question ?

Ses mots me sortent immédiatement de ma léthargie.

— Oui, je… je suis désolée, mais vous… vous venez de me demander en mariage ?

— Je viens seulement de demander votre avis sur la question. Qu'est-ce que vous, vous voulez, Colombe ?

— Ce que je veux ? C'est bien la première fois qu'on me pose la question de façon aussi sérieuse… Je… je n'ai jamais réellement réfléchi à ce que je veux, vous savez, ce n'est pas comme si ça importait vraiment…

— Vous plaisantez ? me reprend M. De Ligneu. Ce que vous voulez est ce qui est le plus important, Colombe. De là d'où je viens, nous sommes libres de nos choix. Complètement libres, je veux dire. Il n'y a aucune pression de la société sur ce qui devrait être fait ou pas, ou de quelle façon on devrait le faire… on fait juste les choses comme on le sent. Et si on se trompe, ce n'est pas grave, parce qu'on a compris notre erreur, et qu'on fera tout pour ne plus la commettre.

Je dévisage M. De Ligneu pendant qu'il m'explique tout cela. Cet endroit d'où il vient semble fascinant, cependant, je pense qu'il ne surpasse pas ma chère France actuelle. Nous avons tellement évolué à travers le temps, nous sommes parvenus à une réelle paix, et je crois que c'est la plus belle des évolutions pour un pays.

— Mais… commençai-je avant de m'interrompre subitement, de peur de vexer M. De Ligneu si je poursuis.

— Oui ? m'interroge-t-il. Vous pouvez me dire sans crainte ce qui vous dérange.

— Je… pardonnez-moi, mais je ne peux m'empêcher de me dire que si vous êtes aussi libres, là d'où vous venez, ce doit être un sacré bazar, non ? Je veux dire, si tout le monde fait ce qui lui plait, alors il doit y avoir un grand nombre de délits, non ? Comme c'était le cas il y a des siècles…

— Détrompez-vous, toute l'éducation est tournée de façon à limiter le plus possible l'envie de faire du mal.

Nous… apprenons, chez moi, aux enfants les conséquences de leurs actions, bonnes comme mauvaises, et nous mettons en place plein de systèmes, d'exercices, de discussions pour qu'ils sortent de leurs études en étant la meilleure version d'eux-mêmes possible.

— Je vois, répondis-je en souriant. Vous avez gagné, maintenant je veux savoir de quel pays vous venez ?

— Ah ça… je ne peux pas vous le dire, en revanche, ce que je peux vous dire, c'est que j'ai peut-être trouvé ce qu'ouvre votre clé en faisant du rangement dans la boutique. Si vous voulez savoir, retrouvez-moi à la boutique ce soir à 23 h.

Nous nous étions mis à marcher pendant que l'on discutait, mais à ces derniers mots, je m'arrête subitement.

— Vous… je… je ne peux pas, répondis-je. Comment pouvez-vous me donner un rendez-vous à une heure si avancée, vous savez très bien qu'on ne sort jamais seul la nuit ? Imaginez si je croise une personne que je connais, qu'est-ce que je lui dirai ? Et surtout, que va-t-elle penser ? Je n'ai pas envie d'entacher ma réputation maintenant, j'ai déjà passé mon enfance à me débrouiller pour ne pas trop me faire remarquer par mes diff… peu importe, terminai-je en soupirant. Ne pourrait-on pas aller à la boutique tout de suite ?

— Non, je… j'ai encore du travail à faire, et si c'est bien cela que la clé ouvre, ça ne fonctionnera pas à une autre heure. Vous pensez bien que si j'avais pu, je vous aurais proposé une heure plus conventionnelle.

Il soupire, avant de plonger son regard dans le mien.

— Je sais que cela vous demande un effort immense que d'aller à l'encontre de certaines conventions d'ici. Je ne vous oblige à rien, mais ne voulez-vous pas connaitre le fin mot de l'histoire ? Ne voulez-vous pas savoir pourquoi on vous a donné cette clé, ni ce qu'elle ouvre ?

— Si, bien sûr que si, je veux savoir, mais… comment je sors de chez moi, à cette heure-là ?

— Vous faites le mur ! propose-t-il.

— Je… je vous demande pardon ? répondis-je. Je fais quoi ?

— Attendez, vous ne connaissez pas cette expression ? s'étonne-t-il. Faire le mur, c'est sortir de chez soi sans que ses parents soient au courant.

— Oh, non, je… je ne l'avais jamais entendue, désolée, répondis-je, gênée.

— Ce n'est pas de votre faute, me rassure M. De Ligneu. Rien de tout cela n'est de votre faute. Sachez que si vous souhaitez votre liberté, il va falloir aller la chercher, Colombe. Ne passez pas à côté de votre vie. Passez une bonne soirée, j'espère que vous viendrez.

Il s'éloigne, alors que je continue de rester immobile, méditant ses dernières paroles. C'est étrange, mais j'ai le sentiment qu'il sait quelque chose que j'ignore, et qui me concerne. Je crois que je dois faire le mur, comme il dit, pour en avoir le cœur net et découvrir la vérité.

7.

Il est 22 heures passées, et j'ai dit à ma mère que je partais dormir. J'ai menti. Je fais les cent pas dans ma chambre, à la recherche de la solution à mon dilemme : est-ce que je pars rejoindre mon patron dans son magasin ?

Je sais qu'au fond, ma décision est déjà prise : je ne sais juste pas comment échapper à la vigilance de ma mère. Je finis par prendre mon courage à deux mains, et ouvre la fenêtre de ma chambre. Par chance, nous n'avons pas de vis-à-vis, donc aucun risque d'être vue par mes voisins. Le premier étage est un peu haut, mais je finis par sauter.

L'atterrissage est un peu douloureux, mais je suis en un seul morceau. Je lève les yeux vers la fenêtre de ma chambre : celle-ci est grande ouverte, et si jamais il y avait du vent, elle se mettrait à claquer, et à attirer l'attention. Et là, ma mère risquerait de se rendre compte que je ne suis plus là. Mon collier se met alors à se soulever dans l'air, et la fenêtre se referme toute seule.

Malgré l'étrangeté de la situation, je souris. Je ne suis pas inquiète, et je n'ai même pas peur de la magie dont je viens d'être témoin. L'important, maintenant, c'est d'arriver à l'heure et en un seul morceau à la boutique.

Par chance, je ne croise personne dans la rue, et j'arrive rapidement. Les lumières sont éteintes, la porte est fermée à clé. Il faut que je trouve M. De Ligneu, mais où aller ? Je n'ai pas d'autre choix que d'attendre sur le pas de la porte. Peut-être suis-je trop en avance ?

Je finis par entendre des pas. Je me redresse, espérant de tout cœur croiser M. De Ligneu.

— Mademoiselle, que faites-vous ici ?

Mais ce n'est pas M. De Ligneu. J'ai face à moi un policier qui m'éclaire de sa lampe torche.

— Euh, je… je… c'est… euh… le lieu où je travaille, ici, commençai-je. J'ai… j'ai oublié quelque chose, que je venais chercher.

Mentir à un policier, voilà à quoi je m'abaissais ! Mais qu'est-ce qui m'avait pris d'écouter M. De Ligneu ?

— Veuillez me suivre, mademoiselle, je dois vous emmener au commissariat.

— Au… au commissariat ? m'inquiétai-je. Mais je… je n'ai rien fait de mal, je venais juste récupérer mon… mon dossier, un dossier sur lequel je devais travailler.

— Mais vous travaillez dans ce magasin, non ? me demande le policier. On ne travaille pas sur des dossiers dans les magasins…

— Mais ce magasin est spécial, monsieur, et il contient des dossiers sur lesquels il faut travailler.

C'est un magasin où on remet en l'état des objets défectueux, et nous avons des dossiers concernant tous les clients et objets qui passent par le magasin, expliquai-je, avec beaucoup de facilité à mon plus grand étonnement.

— Vous devez quand même me suivre au commissariat. Si vous ne venez pas maintenant, je serai obligé de signaler votre acte comme obstruction à la justice.

— Quoi ? Mais je… je ne veux pas obstruer à la justice !

— Alors vous savez ce qui vous reste à faire.

L'homme s'apprête à partir, mais quelqu'un lui fait face, lui bloquant le passage. L'obscurité m'empêche de voir de qui il s'agit.

— Il y a un malentendu, je crois.

Mon visage s'éclaire immédiatement lorsque je reconnais la voix de M. De Ligneu.

— Je vous demande pardon, monsieur, vous êtes ?

— Le propriétaire de ce magasin. Et j'aimerais bien savoir comment vous êtes arrivé jusqu'ici, monsieur l'agent, si vous êtes vraiment un agent.

Je ne parviens pas à voir ce qui se passe, mais je n'entends plus ni la voix de M. De Ligneu, ni celle du policier.

D'un seul coup, sans que je ne le voie venir, le policier se tourne vers moi, saisit mon bras et me tire jusqu'à lui. Surprise, ce n'est qu'au bout de quelques secondes que je me mets à résister.

— Lâchez-la ! s'écrie M. De Ligneu.

— Jamais ! lui répond le policier.

Chapitre 7

Je commence à douter sérieusement que cet homme soit policier. M. De Ligneu fait un geste de la main, ce qui a pour répercussion de pousser l'homme contre un mur. Je le dévisage, choquée.

— Mais… c'était quoi, ça ? Vous… vous faites de la magie ?

Mon patron était en train d'ouvrir la porte du magasin, fermée à clé.

— Entrez, nous n'avons plus beaucoup de temps.

Encore un peu sonnée par ce que je venais de voir, j'entre dans la boutique. M. De Ligneu me rejoint quelques minutes plus tard.

— Et… et l'homme ? lui demandai-je brutalement.

— Je me suis occupé de lui, ne vous inquiétez pas. Il ne fera plus de mal à personne.

— Vous… vous l'avez…

— Tué ? J'ai fait ce qu'il fallait.

Je recule immédiatement, les larmes aux yeux, en réalisant ce que tout cela implique.

— Comment avez-vous pu ?! Vous êtes un meurtrier ! m'écriai-je alors que les larmes coulent silencieusement sur mes joues.

— Attendez, Colombe, vous ne savez pas tout, vous ne pouvez pas juger de la situation sans savoir !

— Ce que je sais déjà me suffit ! Vous avez tué un homme ce soir, M. De Ligneu. Et c'est impardonnable.

— Si je n'étais pas intervenu, cet homme vous aurait tué, Colombe. Je vous l'ai dit, vous ne pouvez pas juger de la situation sans en connaître l'entièreté.

— Vous voulez dire que vous savez qui était cet

homme ?

— Oui, du moins… je sais qui l'envoie. Mais on parlera de ça plus tard, d'abord, on doit s'occuper de votre collier !

Il part vers l'arrière-boutique, et voyant que je ne le suis pas, il demande :

— Vous ne venez pas, Colombe ?

— Euh… oui, je… j'arrive.

Je le suis, toujours fébrile. Il sort une clé d'une de ses poches et déverrouille la porte d'une armoire, de laquelle il extrait une belle boite en velours vert.

— Vous… vous croyez que ma clé ouvre cette boite ? demandai-je.

— Je pense que oui. Ça expliquerait beaucoup de choses, en tout cas.

Il pose la boite face à moi. J'hésite une seconde : voulais-je vraiment savoir ce qu'ouvrait cette clé, et prendre le risque de me mettre en danger, ou de mettre en danger ma famille ? Parce que je me doute que cette clé peut m'amener au cœur du danger, selon ce à quoi elle permet d'accéder.

Finalement, je respire un bon coup, avant de serrer la clé dans mes mains. Si on me l'avait confiée, c'était bien pour une bonne raison. Alors je l'éloigne de mon cou, tandis que le fil qui lui permet de tenir disparait, par magie peut-être.

J'entre la clé dans la serrure et la tourne. Un petit clic se fait entendre, et immédiatement, M. De Ligneu et moi nous échangeons un regard. C'est bien la clé de cette boite.

J'ouvre alors la boite, ne sachant pas à quoi m'attendre, mais… elle est vide.

— Oh. Eh bien ma clé ouvre une boite vide. Au moins, si j'ai besoin de ranger un truc…

— Non, attendez, ce n'est pas possible, m'interrompt M. De Ligneu. Vous pouvez me donner la boîte, s'il vous plait ?

— Bien sûr, répondis-je en lui donnant l'objet.

Il plonge alors sa main dans la boite, avant d'en sortir une petite planche en bois.

— Ah, j'en étais sûr ! s'exclame-t-il en souriant.

— Un faux fond ? compris-je alors. Mais ça fait des siècles qu'on n'a plus besoin d'en utiliser !

— Sauf si on a besoin de cacher quelque chose, complète M. De Ligneu, plongeant son regard dans la boite. Regardez, Colombe !

M. De Ligneu tourne la boite vers moi. Ce que j'y vois alors me choque au plus haut point. Une sorte de tourbillon se mouvait dans la boite. Comment pouvait-il y avoir un tourbillon dans une boite ?

Les yeux écarquillés, je lève lentement le regard vers mon patron.

— Ce… c'est… c'est quoi… ça ? demandai-je lentement, sans savoir si j'aurais la force d'accepter la réponse.

— Un vortex, ou si vous préférez, un passage entre deux mondes, deux dimensions.

— Vous voulez dire qu'il existe d'autres mondes ? compris-je sans le quitter des yeux, à deux doigts de m'évanouir.

— Asseyez-vous si vous en ressentez le besoin, Colombe.

— Ne me dites pas ce que je dois faire, m'emportai-je en me rappelant ce qu'il avait fait quelques minutes plus tôt.

Au lieu de s'emporter à son tour comme je m'y attendais, M. De Ligneu sourit.

— Cette clé n'est vraiment pas à votre cou pour rien…

— Que savez-vous de cette clé ?

— Suivez-moi dans ce vortex, et vous le saurez.

M. De Ligneu me tend la main. Mon regard passe de sa main à la boite. Il envisage sérieusement d'entrer dans cette petite boite ? Comment… je ne peux pas. Je ne peux pas aller autant à l'encontre de tout ce que j'avais appris. M. De Ligneu venait de tuer quelqu'un, je venais d'avoir la preuve qu'une forme de magie existait, et pourtant, c'était impossible, la magie n'existait pas.

Rien de ce qui s'était passé ce soir n'était possible, et ça avait eu lieu. Et je l'ai vu de mes yeux. Et que je le veuille ou non, j'y étais liée, par cette clé qu'une femme en rêve m'avait confiée.

Alors, malgré la peur qui me tortillait le ventre, je saisis la main de M. De Ligneu, sans rien y comprendre. Il fait un geste de la main, et nous sommes happés par la boite, jusqu'à y entrer complètement, et à ce que le petit tourbillon envahisse complètement notre champ de vision.

Nous ne sommes pas bousculés par ce tourbillon, ce

qui est étrange. Non, nous flottons dans l'air, jusqu'à finalement tomber et atterrir lourdement sur le sol.

8.

Nous nous relevons, et je remarque que nous ne sommes plus dans le tourbillon de la boîte, mais dans un bureau, à la décoration sobre, et aux murs vitrés. Une femme d'une quarantaine d'années, aux cheveux courts et blonds, nous regarde silencieusement.

M. De Ligneu prend alors la parole :

— Bonjour, Générale V. Je viens de mener à bien la mission.

— Je vois ça, remarque la femme, me dévisageant.

Je ne comprends rien à ce qui se passe. Générale… nous nous trouvons dans les locaux de l'armée ? Et M. De Ligneu connait cette femme… Il savait tout depuis le début, il vient de dire qu'il avait mené à bien sa mission, est-ce que… est-ce que m'amener ici était sa mission ? Il m'aurait donc menti et manipulée depuis le début pour qu'on en arrive à cet instant ?

— Veuillez vous asseoir tous les deux, nous ordonne la femme. Mademoiselle, nous vous devons des explications.

— En effet, approuvai-je.

Nous nous asseyons, et elle reprend :

Chapitre 8

— Bienvenue à l'ARPM, l'Agence des Résolutions de Problèmes Multidimensionnels. Nous sommes indépendants de tout état et de tout univers. Notre rôle est de protéger les dimensions, en intervenant lorsque cela est nécessaire. Nous observons, puis agissons, tout en restant dans la plus grande discrétion. Et vous, Mademoiselle Plantier, vous êtes très importante pour nous. Vous êtes une multidimensionnelle, c'est-à-dire que vous pouvez voyager à travers les dimensions autant que ça vous chante. Votre corps est fait pour ça, et vous pouvez créer des passages entre dimensions à volonté.

— Vous êtes en train de me dire qu'il existe plusieurs dimensions ? réalisai-je.

— Vous venez d'en avoir la preuve, Colombe, me rappelle M. De Ligneu, nous venons de changer de dimension.

— Oui, c'est vrai, réalisai-je à nouveau. Mais je… tout ça est un coup monté, n'est-ce pas, M. De Ligneu, si c'est réellement votre nom ? Vous m'avez approchée uniquement pour m'amener ici, c'est bien ça ? Rien de ce que vous avez pu me dire ou faire n'était réel ?

— C'est vrai, admet M. De Ligneu, mais vous avez tort sur un point : j'ai toujours été honnête avec vous. Si je vous ai dit que vous faisiez du bon travail, c'est que c'était vrai, si… si je vous ai demandé si vous envisagiez de vous marier avec moi, c'était parce que je voulais que vous exprimiez ce que vous vouliez vraiment. Le monde est bien plus vaste que votre dimension. Il existe d'autres façons de vivre, et je voulais vous y préparer.

— Je veux rentrer chez moi. Ma mère va se rendre compte de mon absence, alors ramenez-moi, décidai-je.

— Vous ne réalisez pas les enjeux que tout cela implique, comprend la générale V. Même si vous essayez, vous ne pourrez pas revenir en arrière. Ce que vous savez vous hantera, le regret de ne pas être allée chercher plus loin vous hantera tout autant. Réfléchissez-y Mademoiselle Plantier.

— Je vous propose quelque chose, intervient M. De Ligneu. Passons le reste de la soirée dans mon monde. Vous pourrez vous décider ensuite. Je vous raconterai tout ce que vous voudrez savoir, et vous pourrez découvrir toutes ces choses dont je vous ai parlé.

Je prends quelques instants pour réfléchir. Est-ce que je pouvais me permettre de m'absenter aussi longtemps ?

Je finis par accepter, au grand soulagement de M. De Ligneu, de ce que je vois.

— Eh bien, voilà qui est réglé, conclut la Générale V. Vous aurez la soirée pour réfléchir, et nous donnerez votre réponse finale demain. Profitez bien de votre soirée de repos.

M. De Ligneu acquiesce, avant de se lever, ce que je fais aussi.

— Vous vous occupez de la boîte ? me demande M. De Ligneu.

— Je veux bien, mais comment être sûre de là où nous atterrirons ?

— Vous n'avez qu'à y penser.

J'ai toujours la boîte dans les mains, ce que je ne comprends pas, puisque j'avais été aspirée par celle-ci, mais ce n'est pas ce qui m'importe le plus à ce moment-là. D'une main, je saisis la clé que j'ai autour du cou, ouvre à nouveau la boîte, qui rapidement nous aspire, M. De Ligneu et moi .

Une fois sortis du tourbillon, nous nous trouvons dans un lieu assez étroit, une ruelle, de ce que je vois, puisqu'il fait nuit noire, et que la lune n'éclaire pratiquement rien. Un coup de vent me fait réaliser que j'ai un peu froid, et que ma tenue n'est pas vraiment adaptée à l'endroit où nous sommes.

— Venez, on va se poser chez moi, m'invite M. De Ligneu. Ce n'est pas très loin d'ici. Surtout, ne vous éloignez pas de moi, il ne faudrait pas que je vous perde.

Je hoche la tête, avant de suivre M. De Ligneu, et de sortir de la ruelle. La rue dans laquelle nous arrivons est éclairée par des lampadaires, qui ressemblent à ceux qu'il y a chez moi, bien que quelques détails diffèrent.

En observant un peu les lieux dans lesquels j'évolue, je remarque qu'il n'y a que des immeubles, et pratiquement pas de maisons. Les habitations sont toutes différentes les unes des autres, et me font penser à celles qu'il y avait dans le passé, il y a quelques centaines d'années. Chez moi, les maisons étaient presque toutes identiques de l'extérieur, et les immeubles se faisaient de plus en plus rares, bien qu'il en existât encore.

— Tout va bien, Colombe ? me demande M. De Ligneu, en remarquant que mon pas ralentissait.

— Oui, je…

— Vous ne pouvez vous empêcher de comparer cette rue aux rues de chez vous, n'est-ce pas ?

— Oui, c'est très étrange, parce qu'on dirait une version alternative de chez moi.

— Mais parce que ça en est une. Ah, voilà, c'est ici.

Il s'arrête devant la porte d'un immeuble et sort une clé, qui doit sûrement dater de l'époque de celle que je porte autour du cou. En voyant mon regard passer de sa clé à la mienne, il explique :

— Oh non, rien à voir avec la vôtre. Celle-ci ne fait qu'ouvrir la porte de mon immeuble.

Il ouvre alors la porte, et je le suis à l'intérieur d'un petit hall, dans lequel se trouvent entassées des tas de boites aux lettres. Je n'en avais encore jamais vues autant au même endroit.

— Il y a beaucoup d'habitants ici, m'informe M. De Ligneu en remarquant mon intérêt pour les boîtes aux lettres.

— Je vois ça, répondis-je, impressionnée.

— Venez, on doit prendre l'escalier.

Je le suis jusqu'à une porte qui donne sur des escaliers, que j'ai un peu de mal à monter avec ma longue robe qui descend jusqu'aux chevilles. Nous nous arrêtons au troisième étage, essoufflée pour ma part, et après avoir franchi une nouvelle porte, nous nous retrouvons face à la porte d'entrée de l'appartement de M. De Ligneu.

Il prend quelques instants pour ouvrir la porte, et nous entrons dans un grand appartement dans un style qui me rappelle énormément le XXIe siècle, du moins de ce que j'en sais.

— Je vous en prie, installez-vous, m'invite M. De Ligneu. Ici, vous n'êtes plus chez vous, vous êtes… libre de tout protocole.

— Pardon ? Vous… avez dit que j'étais… libre ?

— Oui, ce… est-ce que je vous ai offensée ? demande M. De Ligneu, inquiet.

— Non, pas du tout, le rassurai-je immédiatement. C'est juste que c'est la première fois de ma vie qu'on me dit que je suis libre, c'est tout.

Libre… je ne m'étais jamais associée consciemment à ce mot. Je n'y avais jamais pensé, c'est tout. Mais je crois qu'au fond, j'étais en quête de cette liberté, sans même le réaliser. Ce n'était pas pour rien que je me retrouvais dans une dimension différente, avec au cou une clé magique, et le choix de devenir agent pour une organisation multidimensionnelle. C'était une façon d'atteindre la liberté.

Je finis par m'asseoir sur le canapé gris qui trône en face d'une… J'observe le grand objet, les yeux écarquillés. Mais c'était… c'était une antiquité ce truc, plus personne n'en avait, chez moi ! Est-ce que je n'avais pas voyagé dans le passé, finalement ?

M. De Ligneu me rejoint sur le canapé.

— Vous n'enlevez pas votre gilet ? Vous allez avoir vite chaud, i… s'interrompt-il en remarquant mon intérêt pour l'antiquité qui trône face à nous. Oh, c'est la télé qui vous intrigue, c'est ça ?

— Elle… elle fonctionne ? osai-je à peine demander.

— Oui, bien sûr qu'elle fonctionne, sinon pourquoi j'en aurais une ? Je sais qu'il n'y en a plus dans votre dimension depuis des centaines d'années, mais ici, les télévisions fonctionnent toujours aussi bien qu'avant. Après, je dois avouer que la mienne est un ancien modèle, je n'ai pas la fonction hologramme, je n'ai qu'un écran plat 10K, mais bon, ça fait bien le boulot… Euh… est-ce que vous avez faim ? Je sais qu'il est tard, mais peut-être que vous avez envie de manger quelque chose, ou de boire quelque chose ?

— Euh… je veux bien un thé, s'il vous plait.

— Un thé ? Très bien. Théière ?

Un petit bruit se fait entendre de la cuisine.

— Un thé aux fruits rouges, reprend M. De Ligneu.

— Préparation d'un thé aux fruits rouges en cours, répond une voix robotique.

Surprise, je cherche du regard un élément qui me permettrait de comprendre d'où vient la voix exactement dans la cuisine.

— C'est une théière électronique à commande vocale, explique M. De Ligneu. C'est très pratique, mais malheureusement, elle n'est pas encore capable de mettre des morceaux de sucre dans le thé. D'ailleurs, vous voudrez combien de sucres, si vous en voulez ?

— Euh… deux, s'il vous plait. C'est complètement fou, j'ai l'impression d'avoir voyagé dans le passé. Ce… ce genre de gadget comme votre théière, on n'en utilise plus depuis un siècle au moins, chez moi.

— Je sais, mais ici, on en trouve encore l'utilité.

— Thé aux fruits rouges préparé, l'interrompt la voix de la théière.

— Je reviens, dit l'homme avant de se lever.

Je profite d'être seule pour me pincer discrètement, mais la douleur est bien là : tout ce que je vis en ce moment-même est réel. C'est une sensation tellement étrange, je me sens à la fois perdue et heureuse d'être là.

— Et voilà votre thé, me dit M. De Ligneu en me tendant une tasse que je saisis. Je suis désolé, je n'ai que du thé aux fruits rouges, c'est pour ça que je ne vous ai pas proposé de choisir.

— Non, mais ça me va très bien, je réponds en souriant, avant de souffler sur le thé brûlant.

Je remarque alors que M. De Ligneu s'est servi à boire, lui aussi. Il boit une gorgée avant de plonger son regard dans le mien, et de me demander :

— Passons aux choses sérieuses, maintenant. Comment est-ce que vous vous sentez, vis-à-vis de ce que vous venez de découvrir, et que voulez-vous savoir ?

— Je… je crois que ça va, pour l'instant. Il y a tellement de choses que j'aimerais savoir… mais d'abord… pouvez-vous m'expliquer qui vous êtes réellement, quelle était votre mission et ce qu'est exactement la AR… la… l'institution pour laquelle vous travaillez ?

— Bien sûr ! Mon vrai nom est Lilian Lignat, et j'ai emprunté le nom de Léodagan de Ligneu parce qu'il se rapprochait de mon vrai nom, et était donc plus facile à retenir pour moi. Je suis un agent de l'ARPM depuis 5 ans maintenant. Son rôle est de maintenir l'équilibre entre les dimensions, en enquêtant dès qu'elle soupçonne une activité suspecte pouvant mettre en péril une ou plusieurs dimensions. Ma mission était de trouver la multidimensionnelle de la dimension n° 1548, votre dimension, quoi.

— Mais le monde est immense, remarquai-je, comment avez-vous su où je me trouvais, ou même que c'était moi et pas une autre personne ?

— Je l'ai tout de suite su en vous voyant. Et j'ai su où vous trouver parce que je savais déjà dans quelle ville chercher. Les personnes multidimensionnelles comme vous et moi émettent des ondes uniques, que certains de nos appareils sont capables de capter. Et lorsqu'une ville irradie de ces ondes, c'est le signe qu'un ou une multidimensionnelle s'y trouve. Vous n'êtes pas comme les autres de votre dimension. Vous marchez, parlez, respirez, bougez d'une façon différente de celle des autres, et ça se remarque d'autant plus que dans votre dimension, tout est codifié.

— Pourquoi vous dites cela comme si c'était une mauvaise chose ?

— Parce que tout contrôler dans le moindre détail entrave la liberté. C'est normal d'établir des règles, mais pas de contrôler jusqu'au fait d'avoir ou non un travail, ou d'être marié ou non.

J'évite son regard, sachant pertinemment qu'il avait raison, et que ce n'était pas pour rien qu'il parlait de mariage.

— Tu sais exactement où je veux en venir, Colombe.

Surprise par le tutoiement qu'il emploie soudainement, je finis par le regarder. Pourquoi fait-il une chose pareille ? On ne tutoie que les personnes dont on est proches. À moins qu'il ne considère que lui et moi, nous sommes proches.

— Ne me regarde pas comme ça, reprend-il sans me quitter du regard. Je te l'ai dit, ici, le protocole de chez toi ne s'applique plus. Et ici, les personnes proches en âge se tutoient. Et les personnes proches tout court.

— Vous…. Vous êtes en train de me demander de vous tutoyer ? réalisai-je alors. Mais… vous êtes plus âgé que moi, et puis, vous êtes mon patron, et je…

— Calme-toi, eh, relax, tout va bien, personne ne va te punir, ici ! Tu as le droit de me tutoyer, je te rappelle quand même qu'on a parlé de mariage ensemble, je crois qu'on est assez proches pour se tutoyer.

— Très bien, je… je vais essayer, capitulai-je.

Je me rappelle alors de la présence de la tasse de thé dans mes mains, et commence à en boire quelques gorgées.

— Comme je te le disais, le fait de se marier ne devrait pas être contrôlé, reprend M. De Ligneu, enfin… Lilian, je suppose.

— Mais il faut bien s'assurer que les gens se marient !

— Et pourquoi devraient-ils absolument se marier ?

— Pour avoir des enfants, et que la race humaine ne s'éteigne pas ! répondis-je.

— Parce que tu crois que la race humaine est encore

en danger ? Tu sais que le Basculement a eu lieu il y a très longtemps, l'être humain a eu le temps de repeupler la Terre !

— Quoi ? m'étonnai-je.

En cours d'histoire, les professeurs s'étaient toujours évertués à souligner l'importance de perpétuer la race humaine, car les pertes avaient été tellement colossales pendant la Troisième Guerre Mondiale qu'elles n'étaient toujours pas compensées aujourd'hui.

— Tu… tu ne le savais pas ? s'étonne Lilian à son tour. Ils ne vous l'ont jamais dit… Sache alors que tu as le droit d'aimer qui tu veux, de sortir avec qui tu veux, de coucher avec qui tu veux, mariée ou pas mariée. Tu es libre de faire ce que tu veux avec ton corps, Colombe, avec tes sentiments, tes émotions, ton âme, et ton esprit. Tu es libre.

9.

J'ai l'impression que les mots de M. De Ligneu… je veux dire… Lilian, entrent directement et brusquement dans mon cœur, comme si c'était une vérité que j'avais besoin d'entendre. Je suis un être libre… je ne m'étais jamais pensée de cette façon, et y faire face de plein fouet était comme si on m'enlevait un voile qui avait toujours été posé sur mon visage, sans que je m'en rende compte, jusqu'à ce qu'on me l'enlève.

Cependant, je ne parviens à décrocher aucun mot. Je suis juste immobile, mon regard plongé dans celui de Lilian.

— Ça va, Colombe ? Tu… tu tiens le choc ?

La voix de mon interlocuteur me ramène à la réalité, et je cligne rapidement des yeux, comme si je revenais à moi.

— Je… je… oui, ce… ça va… Je… c'est juste… la première fois… la première fois qu'on me dit que je suis libre, et que je le suis vraiment. Je n'avais jamais eu conscience que… mais c'est évident maintenant… tout me paraît plus clair… je n'ai jamais été à ma place depuis le début, réalisai-je. Même en faisant de mon mieux pour me conformer à ce qu'on me demandait d'être, j'étais toujours un peu à côté de la plaque, un peu trop imparfaite, et ça a toujours exaspéré ma mère. Avec l'âge, j'ai appris à cacher cette partie de ma personnalité, mais… c'était toujours là, parce que… parce que je n'appartiens à aucune dimension, n'est-ce pas ? C'est pour ça que je suis une multidimensionnelle, non ?

J'avais regardé dans le vide pendant que je parlais, alors que toutes les pièces du puzzle se mettent en place. Je finis par relever la tête, et découvrir un sourire sur le visage de Lilian.

— Tu m'impressionnes, tu as déjà compris… En effet, nos semblables sont… adimensionnels, en plus d'être multidimensionnels. Nous pouvons évoluer dans n'importe quelle dimension, parce que nous sommes étrangers à toutes les dimensions.

— Mais… comment c'est possible ? Je veux dire… nous sommes tous nés quelque part, dans une dimension ? On ne peut pas vivre en dehors des dimensions.

— L'univers est plus vaste que ce que tu crois, Colombe. La vérité, c'est que nous ignorons d'où nous venons exactement. On fait toujours des recherches là-dessus, mais on ne sait pas grand-chose, si ce n'est qu'on ne vient d'aucune dimension connue à ce jour, et il existe des milliards et des milliards de dimensions, qui se répertorient automatiquement à l'agence, puisqu'à chaque choix, une nouvelle dimension se crée.

Lilian se redresse soudain.

— Bon, assez parlé sérieusement, il n'est pas encore trop tard pour sortir faire quelque chose et te faire découvrir la richesse de ma dimension. Alors voilà ce que je te propose : tu peux choisir entre aller te promener dehors, aller boire un verre dans un bar sympa, aller en boîte de nuit, ou aller au cinéma. Je crois qu'il n'y a pas d'autres possibilités pour ce soir. Ou on peut juste rester ici, si tu veux.

— Euh… je crois que j'aimerais bien aller au cinéma. Je serais bien curieuse de voir ce qu'est le cinéma ici. Et puis… même dans ma dimension, je n'ai pas l'occasion d'y aller très souvent.

— Très bien, partons au cinéma, alors !

Lorsque j'ouvre les yeux, je réalise que je ne suis pas dans ma chambre, mais aussi qu'aucun réveil ne m'a jamais paru aussi doux que celui que je vivais. Lilian m'a laissée dormir dans sa chambre d'ami, et m'a prêté un grand t-shirt dans lequel j'avais pu dormir. Jamais je n'aurai imaginé porter de tels vêtements, qui m'avaient toujours semblé archaïques, mais qui, visiblement, faisaient partie de la normalité de cette dimension.

Quelqu'un frappe à la porte, interrompant le flot de mes pensées.

— Entrez ! je réponds d'une voix encore ensommeillée.

Lilian ouvre doucement la porte.

— Salut, est-ce que je te réveille ?

— Non, non, ça va.

— Il faut qu'on commence à se préparer pour aller à l'agence, tu peux prendre ta douche dans la salle de bain, c'est la porte à droite quand tu sors de la chambre.

J'acquiesce, avant qu'il ne referme la porte.

Une vingtaine de minutes plus tard, je sors de la salle de bain, lavée et habillée. En arrivant dans le salon, je remarque deux assiettes sur la table.

— Je… j'ai préparé le petit-déjeuner, m'explique Lilian. Je ne sais pas ce que t'as l'habitude de manger, alors j'ai fait des tartines. De toute façon il n'y avait que ça dans les placards, je mange pas souvent ici.

— Oh, euh… c'est très bien des tartines, merci beaucoup, je réponds en souriant, avant de m'asseoir à table en face de lui.

Je commence à manger tranquillement, tandis que Lilian ne touche pas son assiette.

— Euh… tu… tu ne manges pas ? je finis par demander.

— Quoi ? Euh, si si, je réfléchissais, c'est tout.

Il n'avait surtout pas cessé de me fixer, et je me demande bien pourquoi. Est-ce qu'il avait peur que je disparaisse d'un coup, ou est-ce qu'il avait hâte que je ne sois plus à sa charge ? Je me doute que je dois être un poids pour lui, mais j'ai besoin de quelqu'un pour me guider ici.

Je finis de manger, et remarque qu'il n'a finalement touché qu'à peine son assiette. Mais pourquoi il s'est servi, alors ? Ce n'est qu'un détail, mais ça me chiffonne un peu, parce que c'est l'indice que quelque chose m'échappe, et j'apprécie rarement qu'on me cache des choses, aussi insignifiantes soient-elles.

— Bon, nous pouvons aller à l'agence, maintenant, dit Lilian. À moins que tu n'aies encore faim ?

— Non, ça va, merci. Allons-y.

Je récupère la boîte qui a passé la nuit posée sur la table, et grâce à la clé, nous nous retrouvons à nouveau à l'ARPM. Comme la fois précédente, nous atterrissons directement dans le bureau de la Générale V.

— Eh bien, vous êtes piles à l'heure. Je reçois dans un quart d'heure le président de la république française de la dimension n°10001, donc nous allons aller droit au but : Colombe, acceptez-vous de faire partie de l'ARPM ? Cela vous engagera à travailler pour nous en tant qu'agente, et vous pourrez envisager de monter de grade selon le succès de vos missions. Votre rôle sera de préserver l'équilibre entre les dimensions, quitte à parfois mettre votre vie en danger pour les protéger. Est-ce que vous acceptez ?

— Oui, je réponds. Ça me parait fou… mais j'accepte.

— Très bien, reprit la Générale V. Agent LL, vous prendrez en charge l'entraînement de l'Agent CP.

— L'Agent CP… c'est moi ? tentai-je de comprendre.

— Oui, les noms des agents sont désignés en fonction de leurs initiales, explique la Générale V. Maintenant, partez commencer l'entraînement.

L'entraînement avait été intensif, en tout cas pour

moi il l'avait été, puisque je n'avais pas l'habitude de faire une quelconque activité physique poussée. Lilian m'avait emmenée dans une salle d'entraînement, dans laquelle se trouvaient toutes sortes d'armes, une salle qui n'aurait jamais pu exister dans ma dimension, puisque les armes y étaient interdites, sauf pour les forces de l'ordre.

Lilian m'avait appris quelques bases de self-defense, et à la fin de l'entraînement, je ne me débrouillais pas si mal que ça. J'avais pu prendre une douche et me changer ensuite, puis nous étions de retour pour la dimension de Lilian.

À présent, nous sommes dans son appartement, et une idée me traverse l'esprit.

— Est-ce que ce serait possible de repasser dans ma dimension ? je demande. Ma mère doit s'inquiéter de ne pas me voir revenir, et mes amies aussi.

— T'inquiète, on a déjà tout prévu. On leur a envoyé une lettre pour les prévenir de ton absence. Officiellement, tu passes un mois à voyager dans le cadre de ton travail.

— Oh, fis-je, étonnée. Je vois…

Le soir même, nous sommes à nouveau convoqués à l'ARPM pour avoir l'attribution de notre première mission ensemble. Du moins, j'espère que nous allons faire cette mission ensemble, je serais complètement perdue avec quelqu'un d'autre !

De nouveau dans le bureau de la Générale V, nous nous asseyons, alors qu'elle demande :

— Comment s'est passé l'entraînement d'aujourd'hui ?

— Bien, répond Lilian. Rien qu'aujourd'hui, j'ai pu remarquer qu'entre le début et la fin de l'entraînement, elle a fait des progrès. Elle apprend vite.

— Très bien… alors votre mission… votre mission est simple : vous devez empêcher l'arrivée d'un attentat.

— Quoi ? Mais comment on est censés faire ça ? m'étonnai-je.

— Je ne sais pas, et à vrai dire nous avons assez peu d'informations. Nous savons seulement qu'un attentat aura lieu dans votre dimension, agent LL, dans une semaine. Nous ne savons pas qui a commandité l'attentat, ni pour quelle raison. Je vous envoie sur votre téléphone le lieu exact où l'incident aura lieu. L'idéal serait d'empêcher cet attentat, mais si ce n'est pas possible, il faudrait au moins faire en sorte qu'il n'y ait aucun blessé.

— Et vous avez des théories sur qui pourrait faire ça ? demande Lilian.

— Vous savez aussi bien que moi qui pourrait être derrière tout ça.

Une sonnerie retentit soudain, surprenant tout le monde. La générale sort un téléphone d'une de ses poches et dit :

— Je dois répondre à ça, je reviens, en attendant, mettez-là au courant sur le potentiel suspect.

Lilian acquiesce, alors que la femme sort de son propre bureau pour téléphoner.

— Je comprends pas, dis-je alors, pourquoi c'est elle qui sort du bureau et pas nous ? C'est son bureau, non ?

— Oui, mais je crois que sa conversation au téléphone est moins confidentielle que ce que j'ai à te dire.

— Ok, je t'écoute.

— Il y a un homme qui tente de… de réunir les différentes dimensions, en créant des genres de portails par lesquels n'importe qui pourrait passer. Peut-être que l'attentat lui permettrait de créer un nouveau portail ?

— Mais ça lui sert à quoi de faire ça ?

— Nous ne savons pas. Ce qu'on sait, en revanche, c'est que réunir les dimensions est très dangereux, on ne sait même pas si c'est physiquement possible.

— Et vous savez qui est cet homme ?

— Non, nous ne connaissons pas son nom, alors on ne l'appelle pas. Il n'y a que quelques agents de l'AR-PM qui sont au courant, donc ça facilite les choses.

— Mais pourquoi m'en parler, à moi, si c'est si secret ?

— Parce que notre mission est sûrement liée à lui. Et puis… ce n'est pas pour rien qu'on t'a recrutée toi, Colombe, mais on aura le temps de parler de ça plus tard.

Alors que les paroles de Lilian m'intriguent au plus haut point, la Générale V revient, et reprend sa place face à nous.

— Bon, est-ce que vous avez eu le temps de tout lui dire, agent LL ?

— Oui, elle a été mise au courant de la situation.

— Parfait, vous pouvez commencer à enquêter, alors. Il faut remonter à l'origine de l'attentat, afin de pouvoir l'éviter.

— Mais comment on peut remonter à l'origine d'un attentat qui n'a même pas eu lieu ? demandai-je alors. Et puis, comment savez-vous que cet attentat aura lieu ?

— C'est par le biais de nos agents voyants. Ils ont eu la vision de cet attentat, mais malheureusement, il n'y avait aucun élément pour déterminer l'identité de la personne qui en est à l'origine.

Je hoche la tête silencieusement.

— D'autres questions ? demande la Générale V.

— Non, répond Lilian.

— Parfait, vous pouvez disposer.

10.

Lilian et moi sommes sur le qui-vive. Nous revenons du QG, et venons d'entendre des coups frappés à la porte. Lilian n'attendait personne. Et personne que je connaissais ne savait que j'étais ici.

Les coups se font à nouveau entendre, et Lilian décide d'aller ouvrir. Je le suis. La porte laisse découvrir un homme bien habillé, qui se tient très droit. En nous voyant, avec Lilian, il sourit poliment, avant de dire :

— Bonjour, vous êtes bien Lilian Lignat et Colombe Plantier ?

Je manque de m'étouffer quand l'homme dit mon nom. Je n'existais même pas dans cette dimension, comment avait-il réussi à trouver mon nom ?

— Que voulez-vous ? demande Lilian, méfiant.

— Vous mettre en garde, cher monsieur. Je travaille pour le gouvernement français, et je tenais à vous voir en personne pour vous prévenir : nous savons que vous travaillez pour un service secret, nous ignorons encore lequel, mais dès que nous aurons réuni assez de preuves, vous serez arrêtés. Vous avez plutôt intérêt à vous tenir à carreau.

— Est-ce que ce sont des menaces ? demande Lilian calmement, mais une forte tension dans la voix.

— Non, ce ne sont que des faits. Je tenais à vous prévenir. Passez une bonne journée. Monsieur, Madame, nous salua-t-il en touchant le chapeau qu'il portait, avant de s'en aller.

Lilian referme la porte. J'allais commencer à parler, mais il me fait signe de m'abstenir. Il inspecte alors chaque recoin de l'appartement, à la recherche de quelque chose que j'ignorais. Au bout d'une demi-heure, il parle enfin :

— C'est bon, il n'y a pas de caméras, ni de micros.

— Ah, c'est ça que tu cherchais ? compris-je alors. Cet homme, là, il venait de chez moi.

— Tu en es sûre ? demande Lilian en se tournant vers moi.

— Oui, il n'aurait pas pu connaître mon nom, sinon, et il nous a salué de la même façon que dans ma dimension. Ses vêtements auraient pu aussi bien passer ici que chez moi, donc…

— Il faut qu'on en parle à la Générale V.

— On va déjà retourner au QG ?

— Non, nous allons la téléphoner.

Lilian sort un vieux téléphone portable de sa poche et tape un numéro de téléphone. Il pose l'appareil sur la table basse du salon, et l'image de la Générale V en hologramme apparait.

— J'espère que c'est important, agent LL, j'étais sur le point de quitter le bureau.

— Oui. Je crois que nous avons été repérés, Générale V.

— C'est-à-dire ?

— Un homme qui dit travailler pour le gouvernement français affirme qu'il sait que nous travaillons pour un service secret, mais il ignore lequel et il n'a pas de preuves.

— Alors tout va bien ! s'exclame la Générale V.

— Il connait nos vrais noms, à moi et à l'agent CP, et l'agent CP affirme qu'il vient de sa dimension.

La Générale V se tourne vers moi.

— C'est vrai, vous l'avez déjà vu dans votre dimension ?

— Non, mais il connaissait mon nom, et je n'ai donné mon nom à personne dans cette dimension, sauf à l'agent LL. Et il a utilisé la façon de saluer de chez moi.

— Peut-être qu'il veut vous faire croire qu'il vient de votre dimension, agent CP. Ne faites rien pour l'instant. Sortez le moins possible de l'appartement, et ne parlez jamais du travail lorsque vous quittez l'appartement, ou même quand la porte d'entrée est ouverte. Je suppose que vous avez vérifié si vous étiez surveillés.

— Oui, et il n'y a rien, répond Lilian.

— Parfait. Restez vigilants, et menez à bien votre mission. Je pense que cet homme travaille vraiment pour le gouvernement, mais l'État français ne connaît pas l'existence de nos services, et ils ont des dossiers à cacher. Ils ont sûrement peur que vous découvriez quelque chose qui pourrait salir leur image.

La Générale met fin à la conversation, alors que

mon coéquipier soupire.

— Bon, on va devoir faire avec le gouvernement, je crois.

Nous avons mangé rapidement après ces évènements, puis je suis allée me coucher, car la séance d'entraînement m'avait épuisée.

Il y a un problème cependant : je n'arrive pas à trouver le sommeil. Je tourne et tourne et me retourne dans mon lit, mais impossible de rêver. J'étais condamnée à rester réveillée. Pourtant, je suis bel et bien fatiguée, je ne comprends pas.

Je finis par me lever et aller dans le salon. Lilian est aussi réveillé. Lorsqu'il m'entend arriver, il se tourne vers moi.

— Toi non plus, tu n'arrives pas à dormir ? me demande-t-il.

— Non, et pourtant je suis épuisée, je comprends pas. Tu fais quoi ?

— Je… je réfléchis, c'est tout.

— C'est pour ça que tu n'arrives pas à dormir ? je demande en m'asseyant à côté de lui sur le canapé.

— Oui, je pense.

— Et à quoi tu réfléchis autant pour en perdre le sommeil ? je demande, curieuse.

— Rien de très important. Et toi, pourquoi tu n'arrives pas à dormir ?

Je réfléchis quelques instants avant de répondre.

— Je ne sais pas vraiment, je dois aussi réfléchir beaucoup.

— Et à quoi tu réfléchis ?

— Tu ne m'as pas répondu quand je t'ai demandé, je ne suis pas obligée de te répondre non plus, répondis-je en souriant.

— C'est vrai, admet-il en souriant à son tour.

Le salon replonge alors dans le silence, tandis que mes pensées divaguent, sans que je parvienne à en saisir une. Sûrement la fatigue qui refait surface.

— Qu'est-ce que je ferai si je ne trouve pas de mari d'ici mon prochain anniversaire ? je finis par me demander à voix haute.

Surpris que je brise le silence, Lilian se tourne vers moi.

— C'est ça qui te préoccupe ? s'étonne-t-il.

— Bien sûr que ça me préoccupe ! Toi, tu vas rester ici, et reprendre ta vie de liberté, mais moi, je vais devoir retourner chez moi, et… je ne peux pas y retourner sans avoir choisi de mari, plus personne ne voudra m'approcher, je n'aurai ni maison, ni ami, ni personne pour m'aider.

— Tu m'auras, moi.

— Mais tu ne seras pas dans ma dimension. Tu… tu ne réalises peut-être pas, mais… cette période que je vis, en ce moment, elle est une des plus importantes de ma vie. Toute ma vie dépend de maintenant. Si je… rate quoi que ce soit, ça impactera le reste de ma vie.

— Et tu penses que t'obliger à te marier aussi jeune va te permettre de réussir ta vie ? se moque légèrement Lilian.

— C'est pas comme si j'avais le choix !

— Et si tu avais le choix, tu ferais quoi ?

— J'en sais rien, admis-je alors.

Personne ne m'avait jamais laissé le choix, dans ma dimension. Il fallait faire, et c'était tout. Il n'y avait pas de diversion possible, pas d'alternative, juste un chemin à suivre, comme mes ancêtres avant moi, et ma descendance après moi.

Si j'avais le choix, est-ce que je me marierais ? Je me l'étais toujours imaginé, mais j'ignorais qu'on pouvait vivre autrement.

— C'est normal que tu ne saches pas, intervient Lilian. Moi-même je ne sais pas ce que je veux faire de ma vie.

— Tu ne sais pas non plus si tu veux te marier ? demandai-je, étonnée qu'on ait les mêmes préoccupations, finalement.

— Je ne me pose pas la question.

Évidemment, ça aurait été étrange qu'on ait les mêmes préoccupations.

— Je pense qu'il faut d'abord rencontrer la bonne personne avant de se demander quoi que ce soit.

— Et tu l'as rencontrée, la bonne personne ? demandai-je.

— Je l'ignore encore.

— Donc… si je comprends bien, tu as quelqu'un dans ta vie ? conclus-je en souriant. Tu as une petite-amie ? Mais tu la vois comment, avec ton travail ?

— Non, non, Colombe, je n'ai pas de petite-amie, s'agace Lilian.

— Alors tu as une amoureuse, mais tu ne t'es pas

encore déclaré, c'est ça ? compris-je alors.

— Pas exactement, répond le jeune homme. Je... je ne sais pas encore ce que je ressens pour cette personne.

— Oh, fis-je. Je crois qu'il n'y a qu'en passant du temps avec cette personne que tu sauras, et aussi en ne passant pas de temps avec elle. Si cette personne te manque, alors c'est peut-être que tu l'aimes, non ?

— Peut-être, répond Lilian. Et toi, tu le sauras comment, que tu as rencontré la bonne personne ?

— Si je savais, je serais déjà en train de dormir, répondis-je. Peut-être que je l'ai déjà rencontrée.

— Tu crois ? demande Lilian, presque avec espoir.

Je trouve sa réaction étrange. Il espérait quoi, au juste ? À moins que... à moins qu'au fond, il ait l'espoir que je trouve vite quelqu'un pour qu'il n'ait plus à s'occuper de moi, ou alors... il espérait que ce soit lui ?

— Qu'est-ce qu'il y a ? demande-t-il en voyant l'expression de mon visage changer.

— Est-ce que... commençai-je. Est-ce que je suis...

Je n'ai pas l'occasion de poursuivre, car des cris nous parviennent alors.

— Qu'est-ce qui se passe ? demandai-je.

— Je crois que ce sont les voisins d'à côté. On ferait mieux d'aller voir.

Nous quittons l'appartement alors que les cris doublés de bruits de coups continuent, de plus en plus fort. Une fois sur le palier, les bruits se font entendre encore plus fort, à croire qu'ils sont juste derrière la porte d'entrée.

Lilian s'arrête devant la porte de chez ses voisins et sonne. Les bruits s'interrompent, mais personne n'ouvre.

Lilian sonne à nouveau. Rien ne brise le silence.

La clé que je porte autour du cou s'élève alors, et un petit cliquetis se fait entendre, alors que la clé redescend. Je crois que je viens de déverrouiller la porte grâce à la clé.

Lilian ouvre alors la porte. Derrière celle-ci, se tient un grand homme fin, une femme et trois enfants qui se tiennent devant lui.

— Comment osez-vous rentrer chez moi ?! gronde l'homme. Sortez d'ici, avant que j'appelle la police !

— Ben justement, je crois que la police serait ravie de savoir ce qui se passe chez vous.

— Bon attendez, qu'est-ce que vous voulez ?

— Que vous les laissiez partir, répond Lilian.

Je remarque alors que les enfants et leur mère sont habillés pour sortir avec des sacs de voyage, contrairement à l'homme.

— T'as cru t'étais qui pour me dire ce que j'avais à faire avec ma famille ?

— Ta famille ? s'indigne Lilian. Mec, t'étais en train de les taper, je t'ai entendu !

— Non, ce que t'as entendu, c'est le meuble de télé qui est tombé, tu crois que je tape ma femme ?

— Non, je ne crois pas. J'en suis sûr.

Je porte à nouveau mon attention sur la femme et les enfants. Ils tremblent, terrorisés, et ne quittent pas des yeux l'homme. Je décide de les rassurer.

— Madame, vous allez bien ? demandai-je.

— Je… je… chuchote-t-elle.

— Vous feriez mieux d'en profiter pour partir, si c'est ce que vous vous apprêtiez à faire.

— Mais il… il…

— Ne vous inquiétez pas, il ne vous fera plus de mal, nous nous en assurerons. Nous sommes des agents spéciaux, nous prenons en charge votre mari.

— Merci, chuchote-t-elle les larmes aux yeux, avant de partir, alors que le ton monte entre Lilian et le voisin.

— Agent Spécial ? s'interroge l'homme alors que Lilian lui montre un badge de police, je suppose. Genre toi t'es un flic ? Non mais mdr, c'est un faux, ton badge, c'est sûr !

Il s'approche alors de Lilian, et tente de lui mettre un coup de poing mais mon coéquipier l'évite avec rapidité et lui saisit le bras avant de lui tordre et de le faire mettre à genoux.

— Eh ouais, aussi étrange que ça puisse paraitre, c'était un vrai badge, et toi, tu es bien dans la merde. Appelle la police, me demande Lilian, et dit que c'est un numéro 809, ils comprendront.

— Ok, répondis-je avant de m'exécuter.

Une dizaine de minutes plus tard, des agents de police étaient là.

Lilian referme la porte de l'appartement.

— Je croyais qu'on devait se faire discret ? intervins-je alors.

— Je sais, mais on ne pouvait pas laisser cette pourriture frapper ses gosses et sa femme.

— Et la police va juste accepter le fait qu'on vient d'un service secret ? demandai-je, peu convaincue.

— Oui, aux yeux de la police on est fichés comme faisant partie des services secrets français.

— Mais alors pourquoi ce type du gouvernement nous surveille, si on est fichés ? C'est pas logique !

— Je sais, c'est bizarre. Il aurait dû trouver tout de suite l'information sur nous. Ça confirme qu'il vient de ta dimension.

Suite à cet incident, nous partons nous coucher chacun de notre côté. Et enfin, je parviens à trouver le sommeil.

Le lendemain matin, nous décidons de partir sur le lieu supposé de l'attentat. Lilian vérifie une dernière fois qu'il n'y a aucun micro ni aucune caméra dans son appartement, puis nous quittons son immeuble.

Je ne l'avais pas remarqué, mais la rue ici est si bruyante, c'est aussi exaspérant que fascinant. Il y a beaucoup de monde, et aucun ordre, chacun circule comme bon lui semble. Chez moi, un tel désordre ne s'inviterait même pas dans les pensées d'un humain normalement constitué. Chacun marche à rythme convenable, ni trop rapide, ni trop lent. Personne ne se dépasse, car c'est extrêmement mal élevé. Aucune règle de ce genre ne s'applique ici.

— On est arrivé, Colombe, c'est ici.

Nous venons d'arriver devant une grande place, sur laquelle se trouve une mairie. Il y a quelques personnes qui la traversent, de temps en temps.

— Est-ce qu'on sait exactement où ça aura lieu sur la place ? je demande à Lilian.

— Oui, c'est là-bas, répond-il en faisant quelques pas.

Soudain, nous nous arrêtons de marcher. À l'endroit précis où doit exploser la bombe, un homme vient de disparaître sous nos yeux. Nous regardons autour de nous : par chance, personne d'autre n'a remarqué ce qui vient de se passer.

— Tu as bien vu ce que j'ai vu ? je demande alors.

— L'homme qui s'est volatilisé à l'endroit où est censé arriver l'attentat ? Oui, oui, je l'ai vu aussi.

Nous nous consultons du regard, avant d'avancer vers le lieu en question. Comment une chose pareille est possible, et surtout, si même Lilian ne comprend pas ce qui se passe, c'est que c'est grave, non ?

En arrivant, tout de suite, on remarque qu'il y a une sorte de faille dans l'air, je n'y crois pas moi-même en l'écrivant, c'est si surréaliste, comme situation…

C'est comme un trou, en plein milieu du vide. Lilian l'observe attentivement, et finit par passer sa main dedans. J'étouffe un cri de surprise.

— Mais qu'est-ce que tu fais ? je lui demande précipitamment.

— Je fais mon travail. On va suivre cet homme pour comprendre ce qui se passe et ce que cette faille dimensionnelle fait ici.

— Parce que tu sais que c'est une faille dimensionnelle ?

— Je ne vois pas ce que ça pourrait être d'autre. Donne-moi la main et suis-moi.

Je soupire, avant de lui tenir la main, et de plonger avec lui dans cette faille dimensionnelle.

11.

Lorsque nous atterrissons de l'autre côté de la faille, je remarque immédiatement qu'il y a quelque chose de différent. C'est comme si l'air n'est pas le même, que les couleurs ont une teinte légèrement différente. C'est quelque chose sur lequel on ne peut pas mettre de mots, mais qu'on sent très clairement.

Je reporte mon attention sur l'endroit où je me trouve. Je réalise alors deux choses : d'abord, nous nous trouvons dans une grotte, et ensuite, nous ne sommes pas seuls.

L'homme qui était entré dans la faille se trouve face à Lilian et moi. Il est accompagné d'une femme au visage paisible.

Nous les dévisageons, perdus et sur le qui-vive. C'est peut-être un piège.

— N'ayez crainte, étrangers, nous ne vous voulons aucun mal, dit alors l'homme.

— Nous vous avons attirés ici parce que nous avons besoin de votre aide, explique la femme.

— De notre aide ? Mais comment vous savez qui nous sommes ? Et vous êtes qui ? demande Lilian, méfiant.

— Notre dimension est en train de s'effondrer, et nous savons que vous pouvez nous aider, explique la femme.

Je jette un coup d'œil vers Lilian, pour voir sa réaction. Est-ce que c'était seulement possible, qu'une dimension s'effondre ? Je pensais qu'il y avait une sorte d'harmonie à préserver entre les différentes dimensions, qu'on ne pouvait pas briser. Du moins c'est ce que je pense depuis que j'ai découvert l'existence de différentes dimensions.

— Vous… vous venez de dire que votre dimension est en train de s'effondrer ? répète Lilian, semblant ne pas croire à ce qu'il dit.

— Oui. Je sais, ça parait dingue, mais on a une faille à l'autre bout du pays qui communique avec une autre dimension, explique l'homme. Et c'est littéralement en train de tout détruire sur son passage.

— Vous voulez dire que la faille bouge ? je demande.

— Oui, il ne nous reste qu'une seule grande ville, maintenant, le reste a comme été… englouti, répond la femme.

— Et comment vous avez su qu'on pourrait vous aider ? demande Lilian. Nous ne sommes pas si faciles à repérer que ça…

— C'est vrai… répond l'homme. Nous vous avons cherché… longtemps. Très longtemps. C'est pour ça que la faille a eu le temps d'autant avancer.

— Et comment est-ce qu'on pourrait refermer la

faille ? demandai-je.

— Grâce à la clé, répond la femme.

Lilian et moi nous consultons du regard, avant que je porte la main sur la clé que j'ai autour du cou.

— Est-ce que ce serait cette clé ? je demande en montrant la clé autour de mon cou.

La femme porte son attention sur l'objet, avant d'acquiescer, puis elle se tourne vers l'homme :

— Tu ne t'es vraiment pas trompé, ce sont les bonnes personnes, sourit-elle, les larmes aux yeux. Venez, suivez-nous.

La femme et l'homme quittent la grotte, et nous les suivons. Je ne peux m'empêcher de demander à Lilian :

— Et pour notre mission ? Comment on va faire si on reste ici ?

— Notre mission peut bien attendre, la situation ici est plus urgente. Bien plus de vies sont en jeu, et il nous reste plusieurs jours pour contrer l'attentat. Ici, c'est peut-être une question d'heures avant que tout ne soit détruit.

J'acquiesce silencieusement, tout en suivant nos deux guides. Il s'avère que la grotte se trouve en haut d'une colline, qui surplombe une grande ville, très urbaine, ce qui me surprend. Je me serai attendue à un village, ou une petite ville campagnarde, à la limite.

Rapidement, nous arpentons les rues, très peuplées, et encore plus désordonnées que celles de la dimension de Lilian.

— Nous avons besoin de louer une voiture, et

d'acheter des provisions, explique la femme.

— La faille est si loin que ça d'ici ? demande Lilian.

— Oui, il nous faudra plusieurs heures en voiture.

— Il nous faut aussi des vêtements chauds, des tentes et des armes, ajoute l'homme.

— Vous avez accès à des armes, ici ? je demande, choquée.

— Bien sûr ! répond comme si c'était évident la femme.

Une chose pareille n'aurait même pas été envisageable dans ma dimension. Une arme, quand même…

Nous continuons à marcher à travers les rues de la ville, tandis que le soleil commence à se coucher. Comment est-ce possible ? On était en pleine matinée quand on est sortis, Lilian et moi.

— Lilian, l'interpelai-je. Tu… t'as vu le ciel ? Le soleil est en train de se coucher. Pourtant c'était le matin il y a une heure, dans ta dimension.

— C'est normal, le temps ne s'écoule pas de la même façon dans chaque dimension. Peut-être qu'en rentrant, il ne se sera déroulé que quelques minutes ou quelques heures alors qu'ici, on aura eu l'impression qu'il s'est passé des jours.

— Oh, ce… c'est possible, ça ? m'étonnai-je.

— Puisque je te le dis, tu ne me crois pas ?

— C'est pas ça, c'est juste que… j'ai du mal à concevoir une chose pareille. Je… je ne voulais pas t'offenser…

— Je ne le prends pas mal, ne t'inquiète pas, ta réaction est tout à fait normale pour quelqu'un qui vient à peine de découvrir qu'il existe une infinité de dimensions.

— Nous sommes arrivés dans la zone commerciale, annonce la femme en s'arrêtant à l'entrée d'un immense parking, autour duquel s'étendaient différents magasins.

— Les derniers magasins qui nous restent, fait remarquer l'homme avec une pointe de nostalgie dans la voix.

Ils reprennent leur marche, et nous les suivons, avant d'entrer dans un premier magasin. Ça ressemble aux supermarchés et grandes surfaces qui existaient il y a des siècles, et qu'on étudiait en cours d'histoire.

L'homme prend un chariot, et nous commençons à passer dans les immenses rayons. Je me souviens qu'à l'école, on nous disait que les magasins de ce genre, aussi grands étaient-ils, n'étaient pas du tout pratiques : les gens s'y bousculaient, on pouvait faire la queue pendant longtemps, et les maladies pouvaient s'y transmettre facilement. Parfois, certains rayons étaient vidés par des acheteurs bornés, comme lors de cette pandémie, en 2020, où les stocks de papier toilette avaient été vidés par des personnes terrorisées d'en manquer alors qu'elles allaient être confinées chez elle pendant deux mois. Dieu merci, cette pandémie avait pris fin l'année suivante, un peu comme par magie, et les gens n'avaient plus eu besoin d'avoir des tonnes de stocks de papier toilette chez eux.

Lilian et moi suivons le couple à travers les rayons, et je peux constater que finalement, ça n'a pas l'air si compliqué que ça de faire ses courses dans ce genre d'endroit. Au contraire, ça permet de choisir soi-même ses produits, et puis… ça ressemble à une sorte de promenade, ce genre de course-là.

Ça n'a rien à voir avec les courses de chez moi. Chez moi, on doit déposer sa liste de course à l'épicerie, qui se charge tout préparer. Ensuite, ils nous appellent pour qu'on vienne chercher nos courses. On ne voit pas l'ombre d'un magasin.

Les magasins se succèdent, et la nuit est presque tombée quand on ressort d'un concessionnaire de voiture après avoir pu en louer une. La voiture… ça aussi, c'est une vraie antiquité. On n'en utilise seulement pour les grands trajets, c'est interdit de les utiliser en ville, donc presque personne n'en a. On préfère utiliser les trains, sauf si on fait de grands trajets régulièrement.

— Est-ce qu'on prend la route ce soir ? demande Lilian.

— Non, vous devez être fatigués, vous venez de loin. Nous allons passer la nuit à l'hôtel, et nous partirons demain matin pour la faille, explique la femme.

Nous arrivons à la voiture, et la femme nous invite à monter. C'est si étrange, je n'ai dû monter dans une voiture qu'une ou deux fois dans ma vie. J'ai même du mal à comprendre comment la portière s'ouvre !

Finalement, je suis assise à l'arrière, attachée grâce à Lillian, installé à côté de moi. Ça a l'air si compliqué, ces ceintures de sécurité ! La femme conduit silencieusement, alors que l'homme à côté d'elle annonce :

— Nous allons dans le quartier touristique, comme c'est un peu loin à pied, on y sera plus vite en voiture.

— Très bien, répond Lilian.

— Merci de nous aider, reprend l'homme, vous auriez toutes les raisons de ne pas nous croire et de fuir, mais vous êtes là. Ça représente beaucoup pour nous.

— C'est notre travail de vous aider, répond Lilian.

— Vous êtes bien silencieuse, me dit l'homme en se retournant vers moi.

— Parce que je n'ai rien à dire, je… je n'y connais pas grand-chose, aux dimensions, avouai-je. Je ne sais même pas si vous avez les mêmes continents que chez moi, ou les mêmes lois, enfin… je ne sais rien, quoi.

— C'est ce que j'avais cru comprendre, répond l'homme. Pour information, nous avons les mêmes continents que chez vous, et c'est le cas de la plupart des dimensions, de ce que je sais.

— D'ailleurs, comment savez-vous pour les dimensions ? demande Lilian.

— Tout le monde le sait, ici. Depuis l'arrivée de la faille, nous avons eu le temps de nous documenter.

— Si je comprends bien, comme nous avons les mêmes continents, vous êtes indienne, vous, c'est ça ? demandai-je à la conductrice.

Elle fait non de la tête tout en me fusillant du regard. J'ai dû dire une bêtise.

— Non, c'est une amérindienne, intervint Lilian.

Elle fait à nouveau non de la tête, mais semble déjà plus satisfaite de la réponse de Lilian que de la mienne. Elle finit par soupirer tout en se garant.

— Décidément, le racisme envers les autochtones, c'est interdimensionnel !

Mon visage se décompose à ces mots. Si je comprends bien, moi j'ai été raciste envers elle ? Je ne m'en suis pas rendu compte, pourtant !

Je me tourne vers Lilian, aussi perdu que moi.

— Nous ne sommes pas des Indiens, rectifie alors la femme en coupant le contact de la voiture, parce que nous venons de l'Amérique, de ce fait, nous ne sommes pas amérindiens non plus. Nous sommes des Natifs Américains, ou des autochtones, si vous préférez. J'espère ne plus vous reprendre sur ces termes-là.

— Oui, bien sûr, je réponds. Toutes mes excuses, j'ignorais que ce terme pourrait vous offenser.

Nous sortons de la voiture. À quelques mètres de nous se trouve une magnifique devanture d'hôtel, dans lequel nous entrons quelques instants plus tard.

— Bonjour, que puis-je faire pour vous ? demande l'homme à l'accueil.

— Bonjour, répond la femme, nous voudrions réserver trois chambres pour une nuit.

— Trois chambres ? Je vais voir ce qu'on a de libre tout de suite, mais je pense que…

Il consulte un tableau sur un écran virtuel, avant de reporter à nouveau son attention sur nous.

— Avec la faille, nous avons beaucoup de réfugiés, alors il ne nous reste que deux chambres, est-ce que ça vous ira ?

— Oui, ce sera parfait.

La femme paie ensuite les deux chambres, avant

qu'on lui donne deux clés, et qu'on la suive pour monter dans un ascenseur. Une fois à l'intérieur de celui-ci, elle nous indique :

— Bon, vous deux, vous partagerez la même chambre, tandis qu'Uliez et moi, nous prendrons l'autre.

Donc l'homme s'appelle Uliez.

— Et vous, vous vous appelez comment ? demande Lilian avant que je le fasse.

— Carmina, répond-elle.

Les portes de l'ascenseur s'ouvrent à ce moment-là. Elle sort, et nous la suivons avant que les portes ne se referment à nouveau.

Elle s'arrête devant une première chambre et tend à Lilian une clé.

— Tenez, c'est votre chambre, la 142. Nous sommes dans la 149, à l'autre bout du couloir. Si vous avez un problème, vous pouvez appeler notre chambre en écrivant 149 sur le téléphone. Sinon, utilisez la Clé.

Je comprends dans son ton qu'elle fait référence à la Clé que je porte autour du cou.

— Passez une bonne nuit.

— Merci, vous aussi, répond Lilian avant d'ouvrir la porte.

Nous entrons et nous retrouvons dans une chambre, avec un grand lit deux places. Une porte à droite donne sur une salle de bains, et à gauche, il n'y a pas de porte, mais la chambre est ouverte sur un genre de salon.

— Bon, je te laisse prendre le lit et je prends le canapé ? propose Lilian.

— Il me semble que nous ne sommes plus dans ma dimension, n'est-ce pas ? Alors je peux te proposer l'inverse : je prends le canapé, et tu prends le lit, je suggère alors.

— Tu es sûre ?

— Oui, je suis sûre, sinon je ne te le proposerai pas ! Écoute, tu... tu as fait beaucoup pour moi ces derniers jours. La moindre des choses, c'est que je te laisse le lit, tu ne crois pas ?

— Bon, très bien, mais si tu changes d'avis, n'hésite pas à me le dire, d'accord ?

J'acquiesce silencieusement avant de m'asseoir sur le canapé qui me servira de lit ce soir. J'aime bien l'idée de sortir de ma routine habituelle. Jamais ça n'aurait été envisageable pour moi de contrevenir à la galanterie des hommes. Mais je trouve ça plus juste qu'il ait un peu droit au confort. Le pauvre, je vis chez lui depuis quelques jours, si je ne peux pas lui donner la tranquillité à laquelle il est habitué, je peux au moins lui laisser le confort.

Lilian entre brusquement dans le salon, coupant court à mes pensées.

— Je viens de me rendre compte qu'on n'a pas amené d'affaires, en venant ici, réalise-t-il. On a acheté des vêtements pour demain, mais pour ce soir, on a absolument rien.

— Oh, bah là, je ne sais pas vraiment ce qu'on peut faire, à part dormir dans les vêtements qu'on porte maintenant.

— Ou alors il y a peut-être des peignoirs dans la

salle de bains, au pire on peut dormir dedans. Je vais aller voir.

Il s'éloigne, et je l'entends s'exclamer, quelques instants plus tard :

— Bah ça, pour une surprise !

— Qu'est-ce qu'il y a ? je demande tout en me levant pour le rejoindre.

Lilian surgit alors de la salle de bain, tout en tenant deux pyjamas d'un blanc immaculé dans chaque main.

— Il y avait des pyjamas dans le placard…

— La question est réglée, alors ! conclus-je en souriant.

— Bon, je vais prendre une douche, tu peux utiliser la télé, si tu veux, au pire je paierais en plus, si jamais ce n'est pas compris dans le prix de la chambre.

— Ok, je réponds, avant de retourner dans le petit salon.

Une heure plus tard, j'ai aussi eu le temps de prendre ma douche et de me changer, et j'ai à peine le temps de m'installer dans le canapé, à côté de Lilian, que quelqu'un frappe à la porte.

Surpris, nous nous levons et partons ouvrir. C'est un employé de l'hôtel, qui arrive avec un genre de plateau roulant.

— Bonjour, la personne qui vous paie la chambre vous envoie ce repas.

— Oh, merci beaucoup ! répond Lilian.

— Bonne soirée, dit l'employé avant de partir et de nous laisser le repas.

Lilian et moi restons silencieux quelques instants,

les yeux rivés sur ce qui vient de nous être livré.

— Est-ce que toi aussi, tu te méfies d'eux ? je demande alors.

— Comment ne pas se méfier, avec tout ce qu'ils font pour nous ? répond Lilian.

Donc je ne suis pas la seule à me méfier, c'est un bon point. J'avais peur d'être trop parano, mais finalement, c'était peut-être du bon sens.

— On fait quoi de ce repas, alors ? je demande.

— On va le manger, faisons-leur confiance.

— Mais tu viens de dire que…

— Je sais, mais je vois mal pourquoi ils voudraient nous empoisonner. En plus, la nourriture ne vient pas d'eux mais de l'hôtel, ils ont dû la commander par téléphone pour nous, donc à moins que l'hôtel s'amuse à empoisonner ses clients…

— Et si l'hôtel est dans le coup, aussi ?

— Dans le pire des cas, je pense que la Clé ne nous laissera pas mourir, conclut Lilian.

Il ramène le plateau à roulette jusque dans le salon, puis enlève le couvercle qui recouvre une des assiettes, avant de se mettre à manger.

Je le regarde avec des yeux ronds. Il a une telle confiance envers nos nouveaux guides ? Je n'ai pas le choix : il faut aussi que je mange, ce serait étrange que je le laisse manger seul.

Alors qu'il s'assoit tout en continuant de manger, je m'assois aussi, et mange à mon tour avec méfiance. Si c'est un piège, on n'aura aucun moyen de s'en sortir. J'espère vraiment que Lilian sait ce qu'il fait…

— Inutile de regarder la nourriture comme ça, me fait-il alors remarquer. On dirait que ça va te sauter à la figure à n'importe quel moment !

— T'es sûr qu'on ne risque rien à manger ça ? On les connait pas, ces gens-là !

— Je sais, mais de toute façon, toi comme moi, on a déjà commencé à manger, donc dans tous les cas, qu'on termine nos assiettes ou pas, ça ne changera rien. Et puis… je ne sais pas si tu l'as senti en arrivant ici, mais les énergies sont instables.

— Les énergies ? Mais de quoi tu parles ?

— Si tu te concentres bien, je suis sûr que tu es capable de les sentir, toi aussi.

— Les sentir ? C'est d'une odeur que tu me parles ?

Alors qu'il s'apprête à parler, l'homme marque un temps d'arrêt, avant de me dévisager comme si j'avais dit une folie.

— Quoi ? Qu'est-ce que j'ai dit ? je demande, déjà honteuse d'avoir dit quelque chose de mal.

— Tu ne sais pas ce qu'est l'énergie ? s'étonne Lilian.

— Non, enfin… il me semble que l'électricité est une forme d'énergie, mais c'est un concept un peu flou pour moi.

— Oh, fit Lilian.

Il devait sûrement réaliser à quel point j'avais des lacunes dans des domaines qui apparemment étaient des bases pour les autres dimensions.

— Je suis désolée, m'excusai-je alors. Ce doit être le genre de choses que je devrais savoir, et…

— Non, ne t'excuse pas parce que tu ne sais pas quelque chose, ce n'est pas de ta faute. J'en reviens juste pas de l'ignorance dans laquelle les dirigeants de ta dimension vous ont mis. Mais vraiment, ce n'est pas de ta faute. Disons que l'énergie est une forme de puissance, et oui, l'électricité en est une forme. Je ne vais pas te mentir, c'est compliqué de mettre des mots là-dessus pour quelqu'un qui ne sait pas du tout ce que c'est.

— Si je comprends bien, il y a plusieurs formes d'énergie, c'est ça ?

— Exactement. Il y a les formes qui sont connues et acceptées de tous ou presque, comme l'électricité, ou l'énergie cinétique, mais il y a aussi les formes plus… spirituelles, moins tangibles et intraçables par des appareils.

— C'est de cette énergie intraçable que tu me parlais, c'est ça ?

— Oui. En fermant les yeux tout en faisant le silence dans son esprit, on peut la percevoir, l'énergie de cette dimension. Avec de l'entraînement, c'est le genre de chose que l'on perçoit immédiatement.

J'acquiesce, tentant de comprendre toutes ces nouvelles informations. Moi qui pensais en avoir terminé avec l'apprentissage, j'avais complètement faux.

— Et donc ici, l'énergie est instable, tu disais ? je demande alors.

— Oui, son intensité ne fait que bouger, c'est pour ça que je pense que nos deux guides nous disent la vérité.

Je médite sur ses dernières paroles tout en continuant à manger. Donc l'énergie est une forme de puissance qui peut avoir plusieurs aspects, dont certains ne sont pas réellement reconnus, si je comprends bien.

Comment est-ce qu'on avait pu nous cacher une chose pareille ? Comment ai-je pu être aussi ignorante ? Pourquoi nous cacher de telles connaissances ?

Le monde auquel j'appartiens, que j'ai toujours cru si parfait, commence à montrer ses imperfections, et je déteste ça. Et je m'y suis toujours plu, dans ce monde, est-ce que ça fait de moi une mauvaise personne ?

Peut-être que dans le fond, je ne suis qu'une personne stupide, stupide de m'être contentée de ce que mon monde avait à m'offrir. Mais comment aurai-je pu savoir qu'il existait plus ? Et puis… j'apprécie toujours le calme de ma dimension, les codes bien établis à appliquer, le langage soutenu, les cérémonies, l'histoire de chez moi. J'aime profondément ma dimension, est-ce que ça veut dire que je suis folle ?

12.

La nuit me paraît excessivement longue. J'ai l'impression de me réveiller toutes les cinq minutes, et que le temps est figé. Résignée, je finis par me lever du canapé pour regarder par la fenêtre. J'y vois une ville tout ce qu'il y a de plus classique, même si ça se voit que ce n'est pas chez moi.

Je n'ai aucun repère, ici, je ne sais pas quoi faire pour faire passer le temps. Alors je reste plantée là, devant la fenêtre, et j'attends quelque chose que j'ignore. Je scrute le ciel noir, à la recherche de quelque chose d'insolite, mais ce soir, la nuit est particulièrement calme.

Je finis par me décider à quitter la fenêtre, et quand je me retourne pour revenir au canapé, je me retrouve nez à nez avec Lilian.

— Tu fais quoi ? me demande-t-il.

— J'en sais rien, j'arrive pas à dormir.

— C'est normal, tu n'es pas dans ta dimension, ton corps n'est pas encore habitué à ici, comme moi.

— Et toi, tu fais quoi ?

— Je venais te rejoindre devant la fenêtre, mais

entre temps tu as décidé de partir. Je suis désolé si jamais je t'ai fait peur.

— Non, ça va, je le rassure tout en partant m'asseoir sur le canapé.

Je peux sentir le regard de Lilian sur moi.

— Tu ne vas pas te recoucher ? je demande, un peu gênée.

— Non, j'ai perdu le sommeil. Je repense à cette histoire de faille, et j'ai peur que la situation soit plus grave que ce que l'on pense. Et puis… je pense à toi, aussi.

— À moi ? je m'étonne en me tournant vers lui.

Il est toujours debout, mais il regarde par la fenêtre, maintenant.

— Ouais, t'es nouvelle là-dedans, et… j'espère juste que tu seras à la hauteur le moment venu.

— A la hauteur ? Et quel moment venu ?

— Quand on sera face à la faille. Tu auras peut-être peur, ou on se retrouvera peut-être face à des ennemis, et tu seras vite maîtrisée. Si je ne suis pas assez fort pour nous protéger tous les deux…

— Eh, attends une minute, t'as aucune confiance en moi, en fait, c'est ça ? je réalise.

— Quoi ? Non… Enfin… oui, peut-être, admet-il.

Je le dévisage, outrée. La seule personne à qui j'ai fait aveuglément confiance jusque-là, n'a même pas confiance en moi ? Je bondis sur mes pieds, et m'apprête à lui répondre, quand il ajoute :

— Mais ce n'est absolument pas contre toi, Colombe, je t'assure. C'est juste que t'es nouvelle, tu ne réalises pas encore dans quoi tu t'es engagée…

— Dans quoi JE me suis engagée ? j'explose alors, l'interrompant. Je te rappelle que c'est toi qui es venu me chercher, j'ai rien demandé, moi !

— Écoute, je ne voulais pas t'offenser, je suis désolé. Je voulais juste être honnête avec toi. De toute façon, nos relations doivent rester purement professionnelles.

— Pardon ? Parce que c'était professionnel quand tu m'as demandé si je voulais t'épouser ?! Mais bien sûr, tu ne faisais qu'accomplir ta mission, t'en as jamais eu rien à faire de moi !

— Non, je t'assure que…

— J'ai pas fini ! Tu sais ce que ça fait de réaliser que le monde dans lequel on vit n'est qu'un pur mensonge ? Tu sais la force et le courage que ça m'a demandé de te suivre ?! Et c'est comme ça que tu me remercies ? En me refusant ta confiance ? Moi j'aurais mis ma vie entre tes mains, tellement j'avais confiance en toi ! Tu sais, toute ma vie, personne n'a jamais cru en moi, j'ai toujours tout fait de travers, j'étais la honte de la famille, à cause de ma maladresse, de mes émotions, et de ma franchise. J'ai caché toutes ces choses, pour correspondre à ce qu'on attendait de moi. Je rentrais dans le moule, mais de justesse, et c'est à peine si on me jetait un regard. On n'a jamais plus cru en moi quand j'ai modéré qui j'étais. Alors maintenant que je sais que j'ai la liberté d'être complètement qui je suis, je refuse qu'encore une fois, quelqu'un se permette de ne pas croire en moi. Dès que cette mission est terminée, je vais demander un autre coéquipier. Je ne peux pas travailler avec quelqu'un qui ne croit pas au moins un peu en moi.

Je cesse de parler, essoufflée par ma tirade. Je ne sais pas d'où ces mots sont venus, de mes entrailles, peut-être. Il me semble que c'est la première fois que j'énonce une vérité aussi profonde.

Lilian n'a cessé de plonger son regard dans le mien pendant tout ce temps. Je ne sais pas ce qu'il pense, et c'est vraiment le cadet de mes soucis à cet instant. Je veux juste retourner me coucher et oublier cette horrible soirée.

— Est-ce que tu te rends compte de ce que tu viens de faire ? lâche-t-il alors calmement.

Après un silence qui l'invite à répondre, il reprend :

— Tu viens de briser toutes les barrières que ta dimension avait construites autour de toi. Tu as parlé avec ton cœur, et tu as compris la valeur que tu as réellement. Peut-être que je t'ai sous-estimée, finalement.

Je le regarde s'éloigner et retourner se coucher, immobile. J'ai du mal à comprendre ce qui vient de se passer : il a confiance en moi, oui ou non ?

J'ai fini par m'endormir malgré ma colère et mon incompréhension, et c'est la voix de Lilian qui me réveille, le lendemain matin. Je vois par la fenêtre qu'il commence à faire jour dehors.

Lilian est en train de parler avec quelqu'un à la porte. Je l'entends refermer celle-ci et marcher jusqu'à moi.

— T'es réveillée, Colombe ? me demande-t-il.

— Oui, je… je viens de me réveiller. On doit partir, c'est ça ?

— Oui, il est 5 heures du matin, là, le soleil vient à peine de se lever. Ils disent qu'il faut partir le plus tôt possible, on peut finir de dormir dans la voiture, si besoin, m'explique-t-il.

Une vingtaine de minutes plus tard, nous sommes à nouveau dans la voiture avec les deux guides.

Personne ne parle. Le silence n'est pas gênant pour autant, chacun tente de se remettre les idées en place et d'être assez réveillé pour le voyage qui nous attend. Je regarde le paysage défiler par la fenêtre, et tente d'anticiper ce qui nous attend, mais c'est impossible.

Je n'ai jamais vu de faille dimensionnelle aussi dangereuse que celle vers laquelle on avance, et je n'ai aucune idée de ce que j'aurais face à moi. Je devrais peut-être me battre. Je tente de me souvenir de ce que Lilian m'a appris. Je crois que je m'en sortirai. Ou je tente de m'en persuader, peut-être.

Je repense à la dispute de la veille. Est-ce que Lilian a fait semblant depuis tout ce temps ? C'est sûr que oui, c'est un genre d'espion, sa mission était de m'approcher et de me faire devenir un agent à mon tour, évidemment que ce n'était qu'un rôle. Et dire que je commençais à le considérer comme un ami…

Au moins je sais à quoi m'en tenir maintenant…

Le trajet est tellement long que je finis par m'endormir. L'insomnie de la veille ne m'a pas aidée. Lorsque j'ouvre à nouveau les yeux, je remarque qu'on est à une station-service.

C'est la première fois que j'en vois une de mes propres yeux, je n'ai pas l'habitude de me déplacer en voiture.

Carmina n'est plus à la place du conducteur, et je remarque que Lilian et Uliez discutent.

— Vraiment ? À ça, je crois que c'est une spécificité de votre dimension, j'entends dire Lilian.

Je m'apprête à tourner la tête vers la fenêtre, quand j'entends quelque chose s'y cogner. Je sursaute, et découvre le visage de l'homme du gouvernement qui était venu chez Lilian, plus tôt. Mais comment est-ce qu'il est arrivé là ? Est-ce qu'il nous a suivis dans la faille ?

— Baisse-toi, Colombe ! m'ordonne Lilian.

Je m'exécute, et il tire sur l'homme, qui s'est baissé à temps pour éviter la balle. Uliez et Lilian se précipitent hors de la voiture, tandis que l'homme du gouvernement s'éloigne en courant. Je sors à mon tour, mais je n'ai pas le temps d'agir, car Carmina sort du magasin de la station-service, et l'homme se précipite vers elle tout en pointant son arme à feu sur elle.

La femme s'immobilise, comprenant sûrement que le moindre geste lui serait fatal. L'homme en profite pour la saisir brutalement par le bras, l'arme toujours braquée sur elle. Il se tourne ensuite vers Lilian et Uliez, qui s'apprêtaient à se jeter sur l'homme, mais qui se ravisent au dernier moment quand ils comprennent la menace qui repose sur Carmina.

— Si vous bougez, je la bute, j'ai pas besoin d'elle, et je tiens pas à elle ! hurle l'homme du gouvernement.

Chapitre 12

Il tire Carmina vers une voiture, la fait rentrer dedans de force à la place du conducteur, tandis qu'en pointant toujours son arme sur elle, il s'installe côté passager, et la force à démarrer la voiture et partir.

Nous reprenons immédiatement place dans notre voiture, mais cette fois, c'est Uliez qui prend le volant et Lilian qui s'installe à côté de lui, tandis que je reprends ma place à l'arrière. Notre objectif : récupérer Carmina vivante, et empêcher cet homme de faire davantage de mal.

13.

Uliez conduit plus vite que jamais, au point que je suis terrorisée sur mon siège. Heureusement, il y a peu de circulation, ce qui nous permet d'aller encore plus vite, au mépris de toutes les limitations de vitesse qu'il doit sûrement y avoir.

Rapidement, on parvient à voir de loin la voiture que conduit Carmina. Cependant elle va bien trop vite pour qu'on puisse la rattraper. On n'a pas d'autre choix que de la suivre, jusqu'à ce qu'elle s'arrête quelque part.

La course-poursuite dure longtemps, plusieurs heures. Déjà que je ne savais pas combien de temps s'était écoulé entre notre départ et l'arrivée à la station-service, notre voyage devait avoir déjà duré une bonne demi-journée au moins. Et on n'avait même pas mangé.

Nous finissons par comprendre où l'homme du gouvernement compte aller. En plein milieu du ciel, encore un peu loin de nous, il y a comme une sorte d'énorme trou, d'où sortent des rayons lumineux de toutes les couleurs.

Chapitre 13

Uliez arrête la voiture, à ma plus grande surprise.

— Il n'y a plus de route, explique-t-il, on continue à pied.

En sortant de la voiture, je remarque que la voiture conduite par Carmina a aussi été laissée à l'abandon.

Je remarque aussi le froid plus que mordant.

— Tiens, me dit Lilian en me tendant un des manteaux qu'on a achetés la veille.

— Merci, je réponds avant de mettre le manteau.

Je comprends mieux pourquoi Carmina et Uliez avaient insisté sur les vêtements chauds. Non seulement il fait froid là où nous nous trouvons, mais il est même en train de neiger.

Je ne sais pas si on se trouve très loin de la ville où nous avons passé la nuit, mais la différence de météo est impressionnante.

Nous nous mettons alors à courir sous la neige, mais très vite, on est obligés de s'arrêter, car du verglas a déjà commencé à se former au sol.

Au bout d'une dizaine de minutes, nous y sommes. Carmina et l'homme qui l'a prise en otage sont là, mais surtout, la faille est là. Elle est fascinante à regarder, avec toutes ces couleurs qui bougent en rythme. J'ai même l'impression qu'il y a un sens au mouvement des couleurs, comme une sorte de langage.

— Pas un pas de plus, nous avertit l'homme du gouvernement, me faisant revenir à la réalité.

— Qu'est-ce que vous voulez ? demande Lilian.

— Comme si vous ne le saviez pas ! Soit vous me donnez la Clé maintenant, soit je jette votre amie dans la faille.

L'homme avait dit cela sans me jeter un seul regard, comme si c'était Lilian qui détenait la Clé.

— Est-ce que vous savez seulement qui détient la Clé ? je demande alors.

— Je sais que c'est vous, mais laissez les grandes personnes avec une réelle intelligence discuter, vous n'avez pas votre mot à dire dans cette histoire.

— Je vous demande pardon ?! JE suis la gardienne de la Clé, et personne d'autre ici que moi n'a à choisir l'endroit où doit finir la Clé ! Et je refuse de vous la donner !

— Très bien, comme vous voudrez ! répond l'homme, s'apprêtant à lâcher Carmina.

La Clé se met alors à léviter, tout en s'illuminant des mêmes couleurs que la faille. Elles parlent exactement le même langage. L'homme se fait alors projeter par télékinésie dans la faille, puis la Clé s'élève aussi haut que la faille, et se tourne, comme pour la verrouiller. La faille se referme alors.

La Clé redescend, avant de retrouver sa place autour de mon cou.

Nous nous regardons tous alors, réalisant que c'est terminé. La dimension de Carmina et Uliez est sauvée !

— Vous avez réussi ! s'exclame Carmina. Vous nous avez sauvés ! Merci, merci infiniment !

— Est-ce que ça va, Colombe ? s'inquiète Lilian.

— Oui, c'est juste que… j'ai l'impression d'avoir perçu un fragment des connaissances de la Clé. J'ai l'impression aussi de commencer à pouvoir diriger les actions de la Clé, pas en lui dictant, mais avec mon intention. Mais je ne vais pas vous embêter avec ça, je pense que vous avez envie de célébrer notre victoire, non ?

Nous reprenons la voiture pour faire le trajet inverse, mais l'ambiance est beaucoup plus détendue qu'à notre arrivée.

— Qu'est-ce que vous allez faire, maintenant que votre dimension est sauvée ? demande Lilian au couple.

— Eh bien, reconstruire notre monde, déjà, répond Uliez. Malheureusement, la surface qui a été avalée par la faille est perdue pour toujours, mais au moins, il nous reste quand même quelque chose.

— Et vous ? demande Carmina. Qu'est-ce que vous allez faire, de votre côté ?

— Rentrer dans notre dimension, pour commencer, répond Lilian, et poursuivre la mission sur laquelle on travaillait.

— Et après votre mission ? Vous aurez droit à des vacances ? demande Uliez.

— Pas vraiment. Dans notre travail, il n'y a jamais vraiment de vacances, seulement des pauses qui s'écourtent trop souvent, explique Lilian. Mais après cette mission, Colombe et moi nous séparons. Elle va avoir un nouvel équipier.

— Quoi ?! s'étonnent Uliez et Carmina en même temps.

— Je sais, moi aussi j'aurais aimé que les choses tournent autrement, répond Lilian en regardant par la fenêtre, se murant dans le silence.

Je ne dis rien, et l'observe seulement, en colère et perplexe à la fois. À quoi joue-t-il ? Il sait très bien pourquoi j'ai pris cette décision, et c'est entièrement sa faute ! Est-ce qu'il essaie de me faire culpabiliser, là ? Si c'est le cas, c'est de la manipulation ! Et ça me conforte davantage dans mon idée de changer de coéquipier.

Je finis par tourner la tête et regarder par la fenêtre, tentant de me calmer comme je peux. Je ne comprends pas les agissements de Lilian : pourquoi me prendre sous son aile s'il n'a même pas confiance en moi ? Pourquoi accepter une mission avec moi, en sachant très bien que j'étais nouvelle, s'il ne croit pas en moi ?

Et le pire, c'est qu'on dirait qu'il aurait aimé rester mon coéquipier. Qui aime rester avec quelqu'un en qui il n'a pas confiance ? Ça me dépassait.

Carmina et Uliez, après avoir laissé un silence planer, se mettent à discuter, mais je n'écoute pas, ça a l'air de ne concerner qu'eux deux. Je ne sais même pas s'ils sont mariés, ou fiancés ou juste amis. Ils ont l'air proches.

Je crois que je n'ai jamais été aussi proche de quelqu'un. En même temps, la société dans laquelle je vis ne le permets pas à mon âge. J'ai beau avoir des amies, nos relations restent assez superficielles, quand je vois Carmina et Uliez. Et je ne le réalise que maintenant.

C'est une sensation horrible, de voir les choses sous un nouvel angle. Je déteste ça. Mais je déteste encore plus le mensonge. Réaliser que ce qu'on a vécu n'était pas ce qu'on pensait, c'est comme marcher sur un tapis que quelqu'un tire pour nous faire glisser, sans avoir rien auquel se raccrocher pour ne pas tomber. Et j'ai l'impression que ça fait plusieurs jours que je tombe, sans pouvoir me raccrocher à quoi que ce soit, mais sans toucher le sol non plus.

Je ne sais même pas ce que deviennent mes amies. Je ne peux même pas leur dire, pour l'agence, elles me prendraient pour une folle, malgré leur ouverture d'esprit.

Et si j'arrêtais simplement d'être une agente de l'ARPM ? Je pourrais toujours retourner auprès de ma famille, et me trouver un mari… Moi-même, en énonçant l'idée dans ma tête, je n'y crois pas. Je sais bien trop de choses sur le monde pour pouvoir retourner à ma vie d'avant.

Et puis, je suis adimensionnelle. Même ma propre dimension n'est pas ma réelle maison. En réalité, je n'ai rien d'autre à faire que de travailler pour l'ARPM. Si au moins je peux m'entourer de personnes qui croient réellement en moi…

— Hey, me lance Lilian, alors que devant, Carmina et Uliez sont complètement pris par leur propre discussion.

— Quoi ? je réponds maussadement sans même le regarder.

— Tu pourrais être plus agréable, j'ai rien fait de mal, là !

Je me tourne alors vers lui.

— Oh, tu veux que je sois plus agréable ? Tu ne devrais pas compter sur moi pour ce genre de chose, puisque tu ne peux pas avoir confiance en moi !

— Oh, tu es encore sur cette histoire ? s'étonne-t-il sincèrement.

— C'est toi qui as ramené ça sur la table en disant qu'on ne serait plus coéquipiers !

— Quoi, c'est pas ce que tu veux ?

— Non ! Ce que je veux, c'est que tu aies confiance en moi et que tu crois en moi !

— Et si je te dis que j'ai confiance en toi et que je crois en toi, ça changera quelque chose ?

— Tu ne le penses pas ! J'en ai rien à faire de tes mensonges ! Ce que je veux, moi, c'est la vérité ! Et la vérité, c'est que t'as juste joué un rôle avec moi pour ta mission, tu n'as même pas confiance en moi, alors que c'est le strict minimum dans une équipe ! Et après tu vas dire que tu aurais aimé que les choses tournent autrement ? Mais tu veux avancer comment avec quelqu'un dont tu te méfies en permanence ?!

Je réalise alors que Carmina et Uliez se sont arrêté de parler. La femme se racle la gorge avant de dire :

— On est arrivés, il faut continuer à pied jusqu'à la grotte.

Sans décrocher un mot, je sors de la voiture, suivie par les autres. Mais comment ose-t-il me faire passer pour la méchante, en remettant tout sur ma faute ? J'ai toujours été honnête avec lui, et c'est comme ça qu'il me remercie ? Définitivement, je change de coéquipier dès que la mission sera finie dans sa dimension.

Je ne sais pas où je vivrai, mais l'agence pourra bien m'aider à trouver. Je fulmine de colère tout le long du chemin jusqu'à la grotte. Une fois arrivés là-haut, nous nous arrêtons. La faille avec la dimension de Lilian est toujours là.

— C'est ici que nos chemins se séparent, dit Carmina. Merci encore pour votre aide.

— Et désolé d'avoir interrompu votre mission initiale, compléta Uliez.

— Merci à vous de nous avoir accueillis, je réponds.

— J'espère que vous n'aurez plus besoin de faire appel à notre aide, dit Lilian.

— Faites attention à vous, dit Carmina, et réconciliez-vous vite, vous ne pouvez pas rester fâchés comme ça.

— C'est à eux de voir ça, tu ne crois pas ? lui demande Uliez.

— C'est juste un conseil d'amis, répond la femme en souriant. Ce n'est jamais bon de ruminer la colère. Réglez vos différends le plus vite possible, et ça ira mieux. Faites un bon voyage jusqu'à chez vous !

— Merci, je réponds.

Lilian et moi nous tournons vers la faille, avant de rentrer dedans. Une fois franchie, nous avons retrouvé le monde de Lilian.

Le soleil commence à se coucher, ce qui signifie que le temps s'est écoulé dans cette dimension-là aussi. Nous regardons autour de nous, et par chance, la grande place est vide.

— On ferait mieux de rentrer, maintenant, dit Lilian.

Nous commençons à avancer, mais devant nous, je remarque un homme, très bien habillé, qui…

En réalisant à quoi me fait penser sa tenue, je tourne la tête précipitamment à gauche, puis à droite. Il n'y a que des hommes habillés de la même façon. Ils sont une dizaine, et encore assez loin de nous, mais ils s'approchent. Ils nous encerclent depuis le début. Ils sont là pour nous, c'est sûr.

Je regarde Lilian. Lui aussi a remarqué.

— Qu'est-ce qu'on fait ? je demande.

— Vous ne bougez pas, dit une voix à travers un mégaphone. Vous êtes encerclés, vous ne pouvez pas vous échapper de toute façon.

Alors que les hommes se rapprochent de nous, je réalise qu'ils pointent tous une arme sur nous. Ce sont eux aussi des hommes du gouvernement, ils portent le même costume que celui que la Clé… que j'ai envoyé dans la faille dimensionnelle.

— Accroche-toi à moi, Colombe. Tout de suite.

Sans réfléchir, j'entoure son torse de mes bras, et Lilian sort un objet d'où semble sortir une corde, qui, je ne sais comment, s'accroche au toit d'un petit immeuble, avant de nous faire envoler jusqu'au toit de celui-ci.

— Crée une faille avec la clé vers l'agence, tout de suite !

— Mais je n'ai pas la boîte, elle est restée chez toi !

— Tu n'en as pas besoin, la boîte n'est qu'un catalyseur, la Clé seule peut suffire !

Chapitre 13

Je me concentre alors sur mon intention et sur la Clé. Presque immédiatement, comme si elle était un membre de mon corps, l'objet s'élève dans les airs, et tourne dans un sens, comme quand elle a refermé la faille dans l'autre dimension, mais cette fois, c'est dans l'autre sens qu'elle tourne.

Un trou se construit alors dans l'air, et nous n'attendons pas pour nous engouffrer dedans.

14.

Nous arrivons dans le bureau de la Générale V. Celle-ci est en train d'écrire, installée à son bureau. Presque immédiatement, elle s'arrête et lève la tête vers nous.

— Qu'est-ce que vous faites là ? Il y a un problème avec la mission ? demande-t-elle.

— Oui, des hommes du gouvernement français nous poursuivent, explique Lilian.

— Ils viennent aussi de la dimension de Colombe ?

— Oui, je réponds.

— Quels sont les ordres à suivre, Générale ? demande Lilian.

— Vous devez les éloigner le plus possible du lieu de l'attentat. Si ce sont eux qui sont à l'origine de l'attentat qui va avoir lieu, il faut leur rendre la tâche la plus difficile possible.

— Et s'ils attaquent ? demande Lilian.

— Laissez-vous arrêter, ce sera le moyen d'avoir plus d'informations sur eux. Et vous pourrez toujours vous libérer grâce à la Clé quand vous aurez jugé en savoir assez.

— Très bien, on repart tout de suite alors, décide Lilian.

Quelques instants plus tard, on est de nouveau sur le toit de l'immeuble dans la dimension de mon coéquipier.

Nous n'avons pas l'occasion de bouger, puisque tous les hommes qui se trouvaient sur la place plus tôt nous encerclent, à un mètre de nous, pointant leurs armes sur nous.

— Pas de mouvement brusque, plus un geste, mes petits, dit la voix d'un homme, sûrement grâce à un mégaphone.

Heureusement, la Clé referme toujours la faille une fois qu'on l'a franchie, du moins quand c'est une faille qu'elle a ouverte elle-même. Ces hommes ne pourront donc jamais rejoindre la dimension de l'agence.

— Mettez vos mains en évidence, quelqu'un va se charger de vous menotter, continue la voix du mégaphone.

Deux hommes brisent alors le cercle, l'un va vers Lilian, l'autre vers moi. Ils saisissent nos mains levées en l'air, et nous les plaquent dans le dos, avant de les menotter. Ensuite, ils posent un tissu sur nos yeux, pour nous empêcher de voir quoi que ce soit.

Je sens que quelqu'un saisit l'un de mes bras, et me pousse vers l'avant pour marcher. Nous changeons d'endroit, je le sens, l'air est plus étouffé, nous sommes sûrement rentrés dans l'immeuble sur le toit duquel on se trouvait. Nous descendons des escaliers, ce qui n'est pas une mince affaire les yeux bandés. Finalement, un autre homme est venu me saisir l'autre bras pour me faciliter la tâche.

Ensuite, je sens que l'on retrouve l'extérieur. Après avoir fait quelques pas, j'entends un bruit de portière, puis presque immédiatement, on me force à baisser la tête. J'entre sûrement dans une voiture. Les bruits que j'entends à côté de moi me font comprendre que Lilian vient de s'asseoir à côté de moi.

La portière est fermée, et nous commençons à rouler. Avec les menottes dans le dos et les yeux bandés m'empêchant de me préparer au départ de la voiture, je perds l'équilibre et tombe en avant.

Je m'attends à m'écraser le visage contre le dos du siège avant, mais deux mains se saisissent de mes épaules et me redressent sur mon siège.

— Mes hommes auraient pu vous attacher, quand même… soupire une voix que je reconnais immédiatement.

Un mouvement à côté de moi me fait penser que Lilian aussi sait à qui appartient cette voix.

— Vous, vous n'êtes pas un débutant, dit l'homme à Lilian.

Je sais qu'il s'adresse à lui parce que j'entends que la voix se dirige davantage sur le côté, et non face à moi. Cet homme, c'est sûr, est installé en face de moi, ce qui signifie que je me trouve probablement dans une limousine.

— Eh bien, mes chers, pardonnez-moi de vous accueillir ainsi, mais vous ne m'avez pas laissé le choix. Vos activités sont bien trop dangereuses pour notre beau pays.

— Nous ? Dangereux ? Au contraire, c'est si vous ne nous relâchez pas que le pays sera en danger, je réponds immédiatement.

— Vous êtes en train de tout gâcher, et si vous continuez dans cette direction, vous conduirez le pays à sa perte.

— Ah bon ? Je vois pas vraiment pourquoi, intervient Lilian, cette fois.

— Vous ne voyez pas parce que vous ne savez pas vous renseigner avant d'agir ! L'homme que vous cherchez à combattre va nous permettre de redresser l'économie du pays ! Si vous lui mettez des bâtons dans les roues, il annulera tous les accords financiers que nous avons avec lui, et avec l'endettement que subit la France, le pays va être plongé dans une grande crise, et en tant que dirigeant de la France, je ne peux permettre une telle situation.

— Pauvre fou ! C'est en vous alliant à lui que vous mènerez non seulement le pays à sa perte, mais toutes les dimensions ! Qu'est-ce que vous lui donnez, en échange ?

— Les moyens technologiques de mener ses projets à bien.

— Je suppose alors que l'attentat, c'était vous qui étiez derrière cette idée, je comprends alors.

— Mais c'est que vous êtes intelligente, mademoiselle Plantier. En effet, l'attentat permettra à mon cher allié de davantage réunir les différentes dimensions. Je lui dois bien ça, après le magnifique chèque qu'il m'a signé, sans compter ce qu'il va donner à l'État Français. Je ne m'attends pas à ce que vous approuviez, de toute façon, d'ici une heure, vous serez morts.

— Quoi ?! je m'exclame.

— Eh oui, ma belle, je ne peux pas laisser à l'air libre des personnes qui en savent autant que vous !

— Vous savez que même en nous tuant, d'autres personnes vous empêcheront d'accomplir vos projets ? fait remarquer Lilian.

— Oh, mais je les attends les bras grands ouverts, répond l'homme.

Soudain, je réalise un détail qui me semble étrange.

— Vous appartenez à cette dimension-ci, n'est-ce pas ? je demande alors.

— Oui, pourquoi ?

— Pourquoi est-ce que ce sont des hommes de ma dimension qui travaillent pour vous ?

— C'est une longue histoire que vous n'avez pas à connaître. Disons qu'entre dirigeants français, on se serre les coudes.

Je soupire. J'espérais vraiment qu'il répondrait, vu qu'il nous a dévoilé tout son plan.

— Oh, vous êtes déçue ? Je vous rappelle que c'est moi qui dirige, ici, pas vous. Si je ne veux pas vous dire les choses, j'en ai parfaitement le droit.

Je ne réponds pas, et attends seulement que le trajet soit fini. Je n'ai pas peur, je sais qu'avec la Clé, j'aurai un moyen de m'en sortir. Je crois que cette Clé est la seule qui ne m'ait jamais abandonnée. J'ai toujours fini par être déçue des autres.

Chapitre 14

Ma mère m'a déçue quand elle m'a fait de violents reproches, enfant, alors que je faisais du mieux que je pouvais pour la rendre fière. Mon père m'a déçu quand il n'a cessé de partir des mois en voyage d'affaires, me laissant très souvent seule avec ma mère.

Mes amies m'ont déçue lorsque j'ai réalisé, jeune adolescente, qu'elles voyaient la vie comme la société la voyait. Bien sûr, moi aussi j'étais aveuglée par ce qu'on nous racontait à l'école, mais naturellement, je n'aurais pas vécu comme je l'ai fait.

J'ai appris à être une enfant calme, docile, serviable, toujours belle, toujours propre, toujours souriante et accueillante, toujours prête à gérer les imprévus, mais si je me souviens bien, je n'étais pas comme ça, au tout début.

J'ai passé des années à refouler ces souvenirs, ou à m'en souvenir en me disant que j'étais une bien mauvaise enfant à cette époque-là, ce que me répétait souvent ma mère, alors qu'en réalité, j'étais juste moi.

Je me souviens, je disais tout ce qui me passait par la tête, j'étais vive, je courais partout, je rêvais de jouer dans des grands jardins avec d'autres enfants. Je me racontais des histoires dans ma tête, et je voyais…

Comme un flash, le souvenir me revient brutalement. Comment avais-je pu oublier ? Une ombre venait me parler, le soir, dans ma chambre. Cette ombre avait une voix de petit garçon de mon âge, et on discutait de tout et de rien. Ça avait duré quelques mois, puis il n'est plus jamais revenu me voir.

La raison me dirait que c'était un ami imaginaire,

mais je sais qu'il n'en était rien. C'est si étrange de me souvenir de cela maintenant.

— Nous sommes arrivés, annonce la voix du dirigeant.

La voiture s'arrête, et très rapidement je suis tirée hors de la voiture. Je sens le contact d'une arme contre mon dos, qui me pousse à avancer.

— Allez, plus vite, on n'a pas de temps à perdre ! s'exclame l'homme qui me pousse avec son arme.

Juste après avoir dit cela, il me pousse une nouvelle fois, me faisant tomber en avant, tête la première.

— Idiot ! s'écrie le dirigeant français. Comment veux-tu qu'elle avance plus vite si tu la pousses, ses mains sont menottées, elle n'a pas son équilibre habituel !

Je l'entends pousser l'homme, puis je sens qu'il saisit mes épaules pour m'aider à me relever.

— Je suis vraiment désolé, s'excuse le dirigeant. Ce sont des brutes sans cervelle. Vous permettez que je saisisse votre main pour vous faire avancer ?

Encore secouée par ma chute, j'hoche la tête. Il prend délicatement ma main, et, ayant un peu d'avance par rapport à moi, me guide sur quelques mètres, avant de finalement s'arrêter.

— C'est ici, annonce-t-il gravement en lâchant ma main.

15.

Le dirigeant nous demande de nous agenouiller, Lilian et moi. Je refuse de penser à la mort, je refuse de croire que je vais mourir maintenant. Au lieu de ça, je dirige mes pensées vers la Clé. Je ne peux pas la toucher, mais je sais qu'elle recevra mon intention de vivre.

— Un dernier mot avant de mourir ? demande le dirigeant de la France.

— Oui, répond Lilian.

Lorsque j'entends sa voix, je réalise qu'il se trouve juste à côté de moi.

— Je suis désolé, Colombe. Je n'ai pas été correct avec toi. D'abord je t'ai menti, même si ça faisait partie de ma mission, je sais que je t'ai blessée et je m'en excuse. Si on doit mourir maintenant, je veux que tu saches que j'ai toujours été sincère avec toi, même dans ta dimension. Et je veux que tu saches aussi que j'ai été complètement idiot de t'avoir dit que je n'avais pas confiance en toi, ou plutôt… j'ai été idiot de ne pas croire en toi. J'avais peur, et mes préjugés m'ont voilé la face, j'ai toujours pensé que les nouveaux devaient être protégés plutôt que d'être dans l'action. Je... je dois admettre que c'est la première fois que j'ai une coéquipière qui en sait aussi peu, et qui se débrouille aussi bien pour gérer toutes les informations qu'on lui donne et tous les obstacles mis sur la route de sa mission. J'ai été aveugle de croire que tu n'étais qu'une petite chose fragile à protéger. Quand je t'ai vue refermer la faille, c'est là que j'ai compris que tu n'étais pas une petite fille coincée dans son monde, mais une jeune femme prête à en découdre. Si on doit mourir maintenant, je suis au moins heureux de t'avoir connue, et d'avoir été ton coéquipier.

— Comme c'est touchant, intervient le dirigeant français. Un dernier mot, Colombe ?

— Oui, je... je pense qu'aujourd'hui ne sera pas le jour de ma mort, intervins-je, déterminée.

Le dirigeant français éclate de rire, mais s'interrompt lorsque la Clé s'élève dans les airs. Je sens que son contact avec ma peau cesse, et malgré le bandeau sur les yeux, j'entrevois la lumière qu'elle émet.

Soudain, mes mains ne sont plus maintenues par les menottes. Je peux à nouveau bouger mes bras, et arrache le bandeau qui m'empêche de voir. Un spectacle étonnant s'offre alors à moi : le temps semble être suspendu. À part Lilian et moi, plus rien ne bouge, des hommes jusqu'aux insectes. Devant moi, la Clé est toujours suspendue dans les airs.

Je jette un coup d'œil vers Lilian. Il vient lui aussi de se libérer de ses liens. On échange un regard, avant d'à nouveau se concentrer sur ce qui se passe autour de nous. Combien de temps vont-ils rester immobiles comme des statues ?

— Qu'est-ce qu'on fait maintenant ? je demande.

— On va dévoiler au monde la vérité, affirme Lilian.

— Et comment on fait ça ?

— J'ai tout enregistré, affirme Lilian.

Il sort un petit objet de sa poche, que je finis par reconnaître : un dictaphone.

— Tu as tout enregistré ? je m'étonne. Mais à partir de quand ?

— Dès le début de la mission. J'enregistre toujours tout, ça peut toujours servir, comme dans notre cas.

— Mais comment ça n'est pas tombé en panne ? Ça fait des jours qu'on est sur cette mission, et on a même changé de dimension !

— N'oublie pas que je suis un réparateur d'objet, Colombe, répond Lilian en souriant. J'ai bidouillé le dictaphone pour qu'il enregistre par tranche de cinq minutes, c'est-à-dire que toutes les cinq minutes, l'enregistrement s'arrête, et un nouveau fichier se crée pour enregistrer la suite. Je n'ai qu'à envoyer le bon fichier au journal le plus en vue dans le pays, et le tour sera joué.

Lilian sort son téléphone portable de sa poche, mais fronce rapidement les sourcils.

— Il n'y a pas de réseau ici, il va falloir qu'on bouge.

— Et c'est pas comme si tout le monde pouvait se défiger d'une minute à l'autre, lui rappelai-je.

— C'est vrai. Viens, on y va.

— A pied ? je demande. On devrait pas plutôt prendre la voiture ?

— Non, ils nous retrouveraient trop facilement avec la plaque d'immatriculation. Et puis ça voudrait dire faire bouger le chauffeur, il est toujours à l'intérieur. Plus tôt on sera partis, mieux ce sera, viens.

Il prend mon bras tout en avançant, alors que la Clé redescend pour retrouver mon cou. Rapidement, nous nous mettons à courir pendant une vingtaine de minutes. Je finis par m'arrêter, essoufflée.

— Je suis désolée, je peux plus... je suis... pas habituée... à courir... aussi... longtemps...

— Oh, désolé, c'est vrai que tu n'as pas suivi l'entraînement intensif. De toute façon, on est peut-être assez loin pour retrouver du réseau.

Nous continuons en marchant, cette fois, tandis que Lilian a le visage tourné sur son téléphone.

— Alors ? je finis par demander face à son silence.

— Toujours rien. Ils nous ont vraiment lâchés au milieu de nulle part... Tu crois qu'ils sont encore figés ?

— Sûrement, sinon ils nous auraient déjà rattrapés, non ?

On passe alors devant un panneau, qui indique que la ville la plus proche se trouve à une dizaine de kilomètres.

— Bon, je pense qu'on en a pour un moment, commente Lilian.

Nous continuons à marcher silencieusement pendant plusieurs minutes. Je ne pense à rien d'autre que de m'éloigner le plus possible des personnes que la Clé a figées.

— Est-ce que tu me fais la tête ? finit par me demander mon coéquipier, à ma plus grande surprise.

— Quoi ? Non, pas du tout ! Pourquoi tu penses ça ?

— Je sais pas, tu évites de me regarder, et tu ne me parles pas… Fin je sais pas, après ce que je t'ai dit, je m'attendais…

— A ce que je te réponde ? Qu'est-ce que tu veux savoir, Lilian ? je demande en soupirant.

— Est-ce que tu me détestes pour toujours ?

Je prends quelques instants avant de répondre :

— Je ne t'ai jamais détesté, Lilian. Tu m'as surtout déçue. Tu étais la personne qui, je pensais, m'avait le mieux cernée. Et c'était vrai, tu es la personne qui m'a le mieux cernée. Ça ne veut pas dire que tu m'as bien cernée.

— Tu as raison, admit-il. Et je m'en excuse.

— Je ne te déteste pas, Lilian. Je… ça a déjà été compliqué d'encaisser le coup de la fausse identité, alors découvrir que depuis le début, tu ne m'estimais pas autant que je t'estimais, ça m'a blessée. Beaucoup blessée. Je me rends compte que je ne sais pas qui tu es vraiment. Et je ne peux pas te faire confiance.

— Je vois. C'est mérité, même si j'espérais une autre réponse.

— Tu t'attendais à quoi exactement ? Que je me jette sur toi pour t'embrasser ?

Je réalise alors ce que je viens de dire. Je n'ai même pas réfléchi avant de parler.

— Non, répond Lilian, amusé, mais je m'attendais peut-être à ce que tu me dises que toi aussi, tu tiens à moi.

— Ce n'est pas la question, que je tienne à toi… C'est une question de confiance, et je peux tenir à toi aussi fort que je veux, sans confiance, on ne peut pas être coéquipiers.

— Rien ne te fera changer d'avis, alors ? conclut Lilian.

Je me tourne vers lui pour le regarder droit dans les yeux.

— Ça ne dépend que de toi. Prouve-moi que j'ai tort et que je peux te faire confiance.

16.

Finalement, nous arrivons enfin dans la ville la plus proche, qui s'avère être un village. Lilian et moi n'avons pas discuté plus que ça sur le reste du trajet, qui a duré des heures. Étrangement, nous n'avons croisé aucune voiture en chemin, ce qui nous a tout de suite interpelés.

Enfin arrivés, Lilian scrute à nouveau son téléphone.

— Bon, je peux téléphoner, mais j'ai pas internet. Il va falloir trouver un réseau wifi.

— Et on fait ça comment ? je demande.

— On trouve un commerce avec des gens sympathiques qui accepteront de nous aider, répond Lilian en reprenant la marche.

Nous évoluons à travers des petites rues, à la recherche d'un magasin, d'un bar ou d'un restaurant qui serait ouvert. Mais pour le moment, les rues sont vides, on entend le vent léger et les oiseaux qui chantent.

— Est-ce que c'est normal que ça soit aussi silencieux ici ? je demande à Lilian.

— J'en sais rien, les gens doivent être en train de dîner, en ce moment…

Quelques minutes plus tard, on trouve enfin un petit restaurant ouvert, dans lequel on entre.

— Bonjour, nous salue la personne chargée de l'accueil des clients. Vous voulez une table pour deux ?

Lilian me consulte du regard, avant de dire :

— Euh… oui, pourquoi pas, mais surtout, on a besoin d'internet, j'ai un document extrêmement important à envoyer de mon téléphone…

— Oh, bien sûr, il y a le wifi, ici ! Et donc une table pour deux, c'est ça ?

— Oui, répond Lilian.

Nous nous installons à une table, guidés par la femme qui nous a accueillis. Nous sommes les seuls clients du restaurant.

— Les menus sont sur la table, nous indique-t-elle avant de s'éloigner.

Lilian ressort son téléphone et pianote dessus pendant quelques minutes. Pendant ce temps, je regarde le menu. C'est vrai qu'il commence à se faire tard, mais étrangement, je n'ai pas faim. C'est peut-être le voyage entre les dimensions qui m'a coupé l'appétit.

En revanche, je redoute l'arrivée de ceux qui s'apprêtaient à nous tuer plus tôt. Et si la Clé ne les figeait plus, ils parviendraient à nous retrouver facilement, non ?

— Ça y est, c'est envoyé ! s'exclame Lilian.

— Quoi ? Déjà ? Mais à qui ? Et qu'est-ce qui va se passer, maintenant ?

— A la 1ère chaîne de France. Et on va sûrement en entendre parler dans les prochaines minutes. T'as choisi ce que tu veux manger ?

— Je n'ai pas très faim, je réponds seulement.

Le jeune homme quitte son menu des yeux pour les poser sur moi.

— Est-ce que ça va ?

— Oui, pourquoi ?

— Parce que ça n'a pas l'air d'aller, justement.

— Si ça va, j'ai juste pas faim, j'ai le droit, non ? je demande sans agressivité.

— Tu sais, on est encore coéquipiers. Tu peux me parler, si ça va pas.

— Vraiment ? je réponds.

Il soupire tout en reculant contre le dos de sa chaise. C'est à ce moment-là qu'un serveur arrive pour nous demander notre commande. Lilian commande pour nous deux, et le serveur repart.

— Je t'ai dit que je n'avais pas faim, je répète alors.

— Bon, c'est quoi le problème ? demande-t-il brusquement. Je me suis excusé, je vois pas ce que je peux faire de plus !

— Justement, tu ne peux rien faire, c'est trop tard, le mal est fait ! Alors ne me demande plus si ça va, si la réponse ne te convient pas.

— Mais je… commence Lilian.

Il s'interrompt tout seul, semble réfléchir à quelque chose, mais garde le silence cette fois.

— Est-ce que c'est comme ça que tu veux qu'on finisse notre dernière mission ensemble ? finit-il par demander tristement. En colère l'un contre l'autre, avec une ambiance de merde ?

— Non, finis-je par admettre. Non, c'est pas comme ça que je veux que ça se finisse. Mais je n'arrive pas à oublier ce que tu m'as dit. Les mots résonnent dans ma tête en boucle, et je ne peux pas les arrêter.

À ce moment-là, le serveur vient nous servir nos plats. Nous le remercions tous les deux tandis qu'il s'éloigne.

— Bon appétit, me dit Lilian.

— Merci, toi aussi, je lui réponds en commençant à manger doucement.

Le silence qui se met alors en place est tendu. J'ai l'impression qu'il pourrait y avoir de l'orage qui éclate dans l'air qui nous sépare. Dans mon monde, jamais ce genre de chose ne serait arrivé. Il n'aurait jamais osé me dire ce qu'il m'a dit, et je n'aurais jamais osé lui répondre de la sorte. Je n'aurais même pas osé extérioriser ma colère.

Mais quand je lève les yeux de mon assiette, je vois son visage tendu et fatigué. Peut-être même triste. C'est comme si toute la fatigue engendrée par la mission s'était abattue d'un coup sur lui, alors qu'avant elle était invisible.

Est-ce que… est-ce que c'était moi qui avais provoqué ça ? Avais-je participé au creusement de ses cernes ?

Je réalise alors tout le tourment que j'ai peut-être provoqué. Ma colère et ma souffrance m'ont aveuglée, et je n'ai même pas fait attention à ce que lui ressent. Comment ai-je osé causer de la peine à quelqu'un ?

Tout en pensant à cela, je lâche ma fourchette. Les

larmes me montent aux yeux mais ne coulent pas encore.

— Qu'est-ce qui t'arrive ? me demande Lilian, sans comprendre.

— Je suis un monstre… je parviens à peine à prononcer.

— Non mais pourquoi tu dis une chose pareille ? s'étonne-t-il.

— J'avais si mal que je n'ai pas fait attention à ta douleur, à toi, mais là… là, à l'instant, je viens de voir… cette tristesse qui te pèse sur les épaules. Comment ai-je pu…

— Ne dis pas des choses pareilles, Colombe, tu as parfaitement le droit d'être en colère contre moi. Mes émotions, je suis assez grand pour les gérer tout seul, alors ne t'en préoccupe pas, d'accord ?

— Mais c'est à cause de moi si…

— Rien n'est à cause de toi. Tu n'es pas responsable des émotions des gens. Tu es responsable de tes actes, et je peux te l'assurer, tu n'as rien fait de mal. Alors maintenant profite de ce dernier repas qu'on passe ensemble, à moins que tu en aies déjà marre de voir ma tête et que tu préfères que je parte.

Je ne m'attendais pas à ces mots. Interloquée, je reste immobile quelques secondes. Encore quand je le blesse, il me rassure. Il me rassure toujours, et me rend libre. Personne ne fait jamais ça pour moi. Personne.

Je me remets alors à manger silencieusement, parce que je ne sais pas quoi lui dire. Je culpabilise toujours de la colère que j'ai pu avoir contre lui, mais en même temps je sais que c'était légitime. Lui-même m'a dit que c'était légitime.

Je voudrais dire quelque chose pour améliorer la situation, mais rien ne me vient. Et lui ne sort pas de son silence non plus.

Soudain, le serveur qui nous a servi les plats vient vers nous, l'air paniqué.

— Je suis désolé de vous déranger pendant votre repas, mais est-ce que vous avez regardé les infos récemment ? Je viens de voir quelque chose sur internet, et je veux être sûr de n'avoir pas rêvé.

— Oh, euh, non, répond Lilian, mais je peux regarder tout de suite si vous…

En même temps qu'il parle, mon coéquipier sort son téléphone et allume l'écran. En regardant celui-ci, il s'interrompt.

— Vous aussi vous venez de voir que le dirigeant de notre pays a prévu un attentat qui réunirait différentes dimensions ? demande Lilian, l'air surpris et choqué.

Quel acteur, franchement ! Et le pire c'est que c'est convaincant, ses yeux écarquillés, son immobilité liée au choc de cette nouvelle... Si je n'étais pas dans la confidence, j'y aurais moi-même cru.

Ça me rappelle que c'est ça, le problème à la base : il joue trop bien la comédie pour que je puisse lui faire confiance.

— Donc je ne suis pas fou, conclut le serveur en se passant nerveusement une main dans les cheveux. C'est incroyable, on se croirait dans un film.

— Mais… ils disent quoi, exactement, aux infos ?

j'ose finalement demander.

Je ne suis pas à l'aise pour faire semblant d'être surprise, mais si je ne dis rien, ça paraîtra suspect. Ce n'est pas tous les jours qu'on apprend qu'un dirigeant est impliqué dans des activités criminelles qui impliquent différentes dimensions !

— Qu'un enregistrement incrimine le dirigeant Kernet sur une tentative d'attentat, et que ça impliquerait l'existence de différentes dimensions, explique le serveur. Je suis désolé, je sais que ce n'est pas très professionnel, mais c'est tellement invraisemblable que…

— On ne vous en veut pas, répond Lilian en souriant. Au moins nous sommes au courant, maintenant !

— Oui, je… je vous laisse continuer votre repas, dit le serveur.

— On a fini, répond Lilian.

— Parfait. Vous souhaitez prendre un dessert ?

— Oui, vous avez une carte des desserts ?

— Je vous apporte ça tout de suite.

Il s'éloigne, revient avec la carte des desserts et repart.

— Bon, je crois que notre mission est accomplie, se félicite Lilian.

— Tu es trop bon acteur, Lilian, c'est effrayant.

— Ça fait partie de notre métier, Colombe. J'allais quand même pas dire la vérité.

— Je sais, c'est juste que… peu importe.

Nous commandons nos desserts, puis le silence revient à nouveau entre nous deux. Je ne sais plus quoi penser, j'ai l'impression de devoir faire quelque chose, mais je ne sais pas quoi.

— Des souvenirs me sont revenus, tout à l'heure, pendant le trajet dans la voiture.

Je dis cela sans le contrôler, ça sort tout seul sans que je ne puisse l'arrêter. Je ne sais même pas pourquoi je raconte ça, ce n'est pas le genre de chose que j'ai envie de partager, surtout maintenant.

— Quels souvenirs ? demande Lilian, intrigué.

— Je... je n'étais pas comme maintenant quand... quand j'étais petite. C'est... c'est ma mère qui m'a poussée à entrer dans le moule. J'étais une enfant bizarre. Je vivais pleinement mes émotions sans me cacher, et je... j'avais une sorte... d'ami imaginaire.

— Ah bon ? Et tu sais pourquoi tout ça t'est revenu maintenant ?

— J'en sais rien, c'était un peu comme un flash, comme si mon cerveau avait mis ces souvenirs de côté et les avait ressortis d'un coup, sans raison. Je ne sais même pas pourquoi je te raconte ça...

— Peut-être parce que je suis ton coéquipier ? suggère Lilian.

Le serveur revient à ce moment-là avec nos desserts, et repart aussi vite.

— Et qu'est-ce qu'on va faire, après ? je finis par demander.

— On va retourner au QG, et faire le compte-rendu de la mission. Il faudra aussi qu'on rédige le rapport, mais ça, ce sera dans les prochains jours. Et puis... on t'attribuera un nouveau coéquipier, et tu auras une nouvelle mission à accomplir.

— Et toi ? je demande.

—Moi… peut-être que je reprendrai les missions en solo, ou on me trouvera un autre coéquipier.

— Pas une coéquipière ? je suggère.

— Ce n’est pas moi qui décide, soupire Lilian.

— Et si tu pouvais décider, tu choisirais quoi ?

— Si je pouvais décider, je te garderais comme coéquipière, répond Lilian en me regardant droit dans les yeux.

— Ça tombe bien, parce qu’il se pourrait que… j’ai décidé finalement de ne pas changer de coéquipier.

17.

Ça y est, je l'ai dit. Ces mots que Lilian voulait tellement entendre… Je ne sais pas si je prends la meilleure décision en faisant ça, mais je… je ne cesse de revoir ce visage si triste et fatigué, et je ne peux pas provoquer ce genre de sentiments en toute conscience.

Et puis… Lilian est la seule personne pour le moment avec laquelle je peux être vraie sans me cacher. Il m'a toujours acceptée telle que j'étais.

J'espère qu'il ne gâchera pas cette seconde chance que je lui laisse, parce qu'il n'y en aura pas de troisième.

Je me sens aussi soulagée. J'avais cette pression de ne pas savoir avec qui je tomberai, si ce serait une personne plus gentille, plus sévère, plus ouverte d'esprit, plus charismatique, plus méchante que Lilian. On sait toujours ce que l'on quitte, pas ce que l'on gagne après.

Comme quoi, tout revient toujours à Lilian, finalement. Je ne pouvais pas le quitter maintenant.

À ces mots, il me fixe, les yeux écarquillés, pour de vrai cette fois. Il prend quelques secondes avant de dire :

— Tu… tu es sûre ? Je veux dire, je… j'ai bien entendu, tu veux bien encore de moi comme coéquipier ?

— Bien sûr, si tu veux toujours de moi pour partager tes missions.

— Oh, je… bien sûr ! Je te le disais il y a quelques secondes, bien sûr que je veux continuer les missions avec toi. C'est juste que je suis surpris, tu semblais tellement sûre de toi, dans ta décision de partir…

— Oui, parce que je l'étais à ce moment-là, mais je… je ne fais jamais les choses sur un coup de tête, sûrement un truc qui me vient de ma dimension, et en réfléchissant, je… je crois que je peux passer au-delà du fait que tu ne crois pas en moi.

— Je vois, répond Lilian en acquiesçant. Mais c'était avant, que je ne croyais pas assez en toi. Je te l'ai dit, ma vision des choses a changé, maintenant, je… je commence à entrapercevoir ce dont tu es capable.

Nous finissons nos desserts dans une atmosphère beaucoup plus détendue. Je ne l'avais pas remarqué avant, mais la situation entre deux coéquipiers change tout dans une mission. Être plus proches rend tout plus fluide, on ne peut plus se permettre de rester sur une dispute, je pense. L'enjeu des missions est bien trop important pour cela.

Après avoir payé le repas, nous quittons le restaurant, toujours aussi vide, comme les rues du village. Nous cherchons un endroit caché des regards indiscrets, pour rejoindre le QG à l'aide de la Clé.

Nous atterrissons dans un couloir, où passent diverses personnes dans tous les sens, certaines disparaissent, d'autres apparaissent devant nous. Je remarque qu'on se trouve à un étage très haut parce que si d'un côté il y a des portes, de l'autre il y a une rambarde, qui donne sur la profondeur des escaliers, qui semblent infinis, avec tout autant de couloirs et de personnes.

— Tu viens ? me demande Lilian alors qu'il s'approche d'une porte.

Je crois que c'est la première fois que je vois à quoi ressemble le QG en dehors du bureau de la Générale V.

Je rejoins Lilian, qui frappe à la porte du bureau, mais nous n'avons pas d'invitation à entrer. Je trouve ça étrange, déjà que d'habitude on apparaît directement dans son bureau, peut-être qu'elle n'est pas là ?

— Bon, dit Lilian au bout de quelques secondes. Je crois qu'on va devoir attendre ici. Elle doit avoir un rendez-vous extrêmement important, ça arrive souvent. Elle ne nous recevra qu'après.

— Mais on va attendre combien de temps comme ça ? je demande, inquiète.

— Peut-être 5 minutes. Peut-être une heure, ou cinq.

— Cinq heures ?

— Ouais, ça m'est déjà arrivé, j'avais fini par faire un tour dans le reste du QG tellement c'était long.

Nous replongeons dans le silence, toujours postés devant la porte tandis que le couloir est toujours aussi animé.

—Je peux te poser une question ? je finis par demander à Lilian.

— Oui, bien sûr, me répond-il en souriant.

— Moi j'arrive à changer de dimension grâce à la Clé, mais… toi et les autres agents, comment vous avez l'habitude de faire ?

— Oh, c'est une bonne question, admet mon coéquipier. Eh bien… généralement, on doit trouver la faille physique pour passer d'une dimension à une autre. Ces failles officielles sont ouvertes et fermées par des gardiens, qui permettent que des accidents comme celui de la dimension qui se détruisait peu à peu n'arrivent pas. Une faille ne doit jamais rester ouverte trop longtemps, et doit toujours l'être sous surveillance. Alors quand un de nos agents doit passer d'une dimension à une autre, les gardiens sont prévenus par l'ARPM de son arrivée. Mais ça, c'est ce qui concerne les agents en général, tu n'es pas la seule à avoir un artéfact qui te permette de passer d'une dimension à l'autre. Ça peut prendre diverses formes, et il y en a même certains qui n'ont pas besoin d'ouvrir de failles, seulement à penser à la dimension où ils veulent partir pour s'y téléporter.

— Ah bon, c'est possible de faire ça ?! je m'étonne.

— Bien sûr, tout est possible, Colombe.

C'est à ce moment-là que la porte du bureau de la Générale V s'ouvre. Un homme en sort, jette un coup d'œil dans ma direction et celle de Lilian, avant de partir dans le couloir, se mêlant à la foule.

La Générale, une fois l'homme parti, se tourne vers nous, surprise.

— Vous attendez depuis longtemps ? s'inquiète-t-elle.

— Non, ça va, répond Lilian. Mais vous ne nous avez pas entendu toquer ?

— Non, je… entrez, nous invite-t-elle.

Nous entrons et elle referme soigneusement la porte derrière nous.

— Mon rendez-vous précédent était d'une extrême importance, et d'une confidentialité qui ne devait sous aucun prétexte être brisée, alors j'ai insonorisé la pièce et fait en sorte que personne ne puisse y pénétrer avec quelque magie ou technologie que ce soit. Bon, je suppose que vous êtes là par rapport à votre mission ? conclut-elle.

— Oui, répond Lilian. Les gens savent pour le dirigeant Kernet.

— Je vois… eh bien, de ce que j'ai pu en voir pour le moment, nous sommes très satisfaits de votre mission, nous pouvons dire que vous l'avez réussie et terminée. Les membres du gouvernement sont en train de se faire arrêter au moment où je vous parle, donc l'attentat n'aura pas lieu. Nous vous laissons quelques jours de repos pour rédiger votre rapport, et je compte sur vous, agent LL, pour former l'agent CP à la rédaction de rapports de missions. Vous m'envoyez tout ça sur mon adresse mail, comme d'habitude, pas besoin de se déplacer pour ça. Je vous recontacte lorsqu'une nouvelle mission vous sera attribuée. Reposez-vous bien, tous les deux.

18.

La Générale V nous fait sortir de son bureau, au lieu qu'on y disparaisse dans une autre dimension.

— Alors, qu'est-ce qu'on fait, maintenant ? je demande.

— Est-ce que tu voudrais repasser par ta dimension, avant qu'on se mette à la rédaction du rapport ? On pourra y rester quelques jours, si tu veux.

Surprise, je ne sais pas vraiment quoi dire au début. Je ne m'attendais pas à rentrer chez moi aussi tôt.

— Je… euh… oui, je veux bien, je réponds, je… je dois me remettre dans les codes de ma dimension, il faut que…

— Eh, calme-toi, n'oublie pas que c'est chez toi, ça te reviendra naturellement. Donc on dira aux gens qu'on croisera qu'on a eu l'occasion de rentrer de voyage plus tôt que prévu, avant de repartir, ça devrait être bon ?

— Et où est-ce qu'on a voyagé ? je demande.

— Au Canada. Tu sauras broder autour ?

— Oui, je m'en sortirai. On va dire qu'on est allés dans quelle ville ?

— On peut dire qu'on est allé à Montréal, et à Sherbrooke ?

— Ok ça va, ce sont des villes que je connais de nom, et qu'est-ce qu'on est allés faire là-bas ?

— On est allé négocier pour avoir de la marchandise.

— Ok, je crois qu'on est bons. On n'a rien oublié, hein ? je demande, peu rassurée.

— Non, ne t'inquiète pas, répond Lilian en souriant, tout ira bien. Et puis on ne restera pas très longtemps là-bas, on reviendra vite dans ma dimension pour rédiger le rapport.

J'acquiesce, et nous partons pour chez moi. Ma dimension. On y apparait dans l'arrière-boutique, dans un grand silence. Enfin presque. Rapidement, j'entends une voix dans la boutique.

Je jette un coup d'œil en direction de Lilian, qui me rassure :

— C'est rien, il y a toujours un agent pour garder la boutique. Je ne sais pas qui a été envoyé ici, mais…

La personne entre alors dans l'arrière-boutique, dans la pièce où nous nous trouvons. C'est un homme un peu plus âgé que Lilian, qui sourit immédiatement en nous voyant.

— Ah, c'est vous ! La Générale V ne m'avait pas dit que vous seriez de retour aussi tôt !

— Franck, c'est toi ? s'étonne Lilian, avant de prendre l'homme dans ses bras. Comment tu vas ?

— Très bien, mais tu ne me présentes pas ? demande-t-il en se tournant vers moi.

— Franck, je te présente l'agent CP, Colombe, qui est ici officiellement mon assistante. Colombe, je te présente mon frère, Franck.

— Ton frère ? je m'étonne alors. Mais je croyais que…

— Je sais, en tant que multidimensionnels, on n'est pas censés avoir de famille biologique, mais Franck et moi on a été retrouvés à la même époque et on a grandi ensemble, alors on est frères.

— Je vois, je réponds en souriant. Enchantée de faire votre connaissance.

— Moi de même, répond Franck. Du coup, je… je dois quitter le poste, ou…

— Non, répond Lilian. On est juste de passage ici, c'est la dimension d'où vient Colombe, alors pour que ses parents ne s'inquiètent pas… on revient passer vite fait, mais on repart dans deux jours grand maximum.

— Ok, ben faites comme chez vous, répond Franck, je retourne en boutique, un client vient d'arriver.

Franck nous laisse seuls avec Lilian. Je dois avouer que je ne sais pas si je suis tout à fait prête à renouer avec ma dimension. Nc plus avoir tous ces codes à respecter m'avait libérée, et c'est presque une souffrance pour moi de devoir à nouveau m'y conformer, presque.

Peu de temps après, Lilian et moi quittons la boutique pour se diriger vers la maison de mes parents. Je n'arrive même plus à considérer cet endroit comme chez moi. Ce n'est clairement plus chez moi, c'est sûr.

Avant de sortir de la boutique, j'ai bien pris soin de cacher le collier de ma Clé sous ma robe et de me couvrir, pour qu'il ne se voie pas. Si quand on me l'avait donné je pouvais imaginer seulement l'importance de cette Clé, maintenant je savais de quoi elle était capable, et je savais aussi que j'étais loin de savoir tout sur cet objet.

Nous traversons les rues avec Lilian, rues que j'observe, complètement perdue. Même si machinalement, je sais diriger mes pas vers chez moi, j'ai l'impression de redécouvrir les rues, de redécouvrir l'ambiance et les personnes de ma dimension. Et ce qui m'attriste le plus, c'est que je ne suis pas sûre d'apprécier encore ce que je vois.

Heureusement, en chemin, nous n'avons croisé personne que je connaissais. Finalement, nous arrivons devant la maison, et je m'avance pour frapper à la porte, quand Lilian m'arrête d'un geste discret de la main pour frapper à la porte, lui. J'en avais oublié les conventions de ma dimension !

Peu de temps après, ma mère ouvre la porte, et nous découvre au pas de celle-ci, surprise.

— Bonjour, vous… vous êtes déjà de retour ? demande-t-elle en nous dévisageant.

— Oui, nous faisons une escale par ici avant de repartir, explique Lilian.

— Oh, je vois. Je vous en prie, entrez tous les deux, nous invite ma mère.

Nous entrons, et ça me fait bizarre d'avancer dans cette maison. J'ai l'impression que quelque chose a changé, et de ne plus vraiment la connaître, même si les murs et les pièces sont toujours les mêmes.

Chapitre 18

Nous suivons ma mère jusqu'au salon, où elle nous invite à nous asseoir sur le canapé, tandis que je découvre avec surprise mon père assis sur le fauteuil.

— Père, vous êtes là ! je m'étonne.

— Colombe ? s'étonne-t-il à son tour. Ta mère m'avait pourtant dit que tu ne devais rentrer qu'au bout d'un mois !

— Je sais, je réponds à mon père, mais nous faisons une petite pause dans nos voyages pour revenir ici un ou deux jours.

Le regard de mon père s'arrête alors sur Lilian. Il se lève et lui serre la main tout en disant :

— Vous devez être M. De Ligneu, je suis enchanté d'enfin faire votre connaissance. J'espère que ma fille est une bonne travailleuse.

— Oui, répond Lilian tout en lâchant la main de mon père, je suis très satisfait de son travail. Colombe est une employée exemplaire, et j'espère pouvoir compter sur elle encore longtemps.

— Vous restez pour dîner ? demande ma mère.

— Nous avons déjà mangé, Mère, je réponds en souriant poliment.

— Parfait, c'est vrai qu'il commence à se faire tard, remarque ma mère. Je vous remercie d'avoir ramené ma fille, M. De Ligneu, pouvons-nous compter sur votre présence pour déjeuner avec nous demain ?

— Oui, ce serait avec plaisir, répond Lilian en souriant. Vers quelle heure dois-je venir ?

— Vers 12 h, ce serait parfait, répond ma mère. M. Jornay sera présent, lui aussi.

19.

Une fois Lilian parti, je retrouve ma chambre. Ça me fait drôle d'entrer dans cette pièce, en me souvenant de comment j'en étais partie. Je crois que je ne regretterai jamais cette décision.

Je referme soigneusement la porte et allume la lumière, avant de m'asseoir sur le lit en soupirant. J'espère que mes parents ne me poseront pas trop de questions. Je finis par me changer, et m'apprête à aller me coucher, quand quelqu'un frappe à la porte.

— Entrez !

C'est mon père qui entre dans la chambre.

— Est-ce que je peux te parler une minute ? demande-t-il.

— Oui, bien sûr, je réponds.

Il referme la porte et vient s'asseoir sur le bord de mon lit.

— Écoute, je… je sais que maintenant tu es une femme adulte, et je… je crois qu'il y a certaines choses que tu dois savoir.

— Certaines choses ? Comme quoi ?

— Il faut que tu saches que ta mère et moi… nous…

nous ne sommes pas tes parents biologiques.

— Que… quoi ? je fais, faussement surprise puisque je l'avais déjà compris, vu que je n'appartiens à aucune dimension.

— Oui, je… je t'ai trouvée en forêt, alors que j'étais en déplacement pour le travail, alors je t'ai ramenée. Personne ne te recherchait, alors ta mère et moi, nous t'avons adoptée.

— Je… je vois… Ça explique certaines choses…

— Tu ne m'en veux pas de t'avoir menti ? demande-t-il, inquiet.

— Non, je comprends que ce soit délicat pour vous et Mère de m'en parler, je… je ne vous en veux pas, et pour être honnête, je m'en doutais un peu, mais je n'ai pas posé de question, parce que c'est vous et Mère mes parents, personne d'autre.

Il sourit en entendant ces mots, sûrement rassuré.

— Très bien, je…je vais te laisser dormir, alors. Passe une bonne nuit.

— Vous aussi.

Il quitte la chambre, me laissant enfin le loisir de pouvoir dormir après cette longue journée.

Le lendemain, je me lève tôt. C'est comme si mon corps avait repris les habitudes qu'il avait avant que je quitte ma dimension. Mais la nuit a été agitée, même si je me suis endormie rapidement de fatigue, je me suis réveillée une dizaine de fois.

Je me prépare et descends prendre mon petit-déjeuner, mais j'ai une mauvaise surprise. Alors que je descends les escaliers, je vois mon père en bas, en train de porter deux valises. Il s'apprête à partir de chez nous, c'est ça ?

— Père ? Vous partez déjà ? je demande en arrivant en bas.

Il se retourne et soupire en me découvrant.

— J'espérais partir avant que tu te réveilles.

— Vous pensiez partir comme un voleur, sans me dire au revoir ? je m'offusque. Vous êtes à peine revenu, je n'ai même pas eu le temps de vous raconter mon voyage, ou vous parler de mon travail, ou de ma majorité !

— Je sais, mais j'ignorais que tu reviendrais maintenant…

— Mais ça ne date pas que de maintenant, Père… je réponds, les larmes aux yeux. Vous n'êtes jamais là, j'ai besoin de vous. La vie ici est plus joyeuse quand vous êtes là.

— C'est gentil, répond mon père en souriant tristement. Mais je dois y aller, le travail m'attend.

Lui qui avait posé ses valises pour me parler les saisit à nouveau, avant de s'approcher de la porte d'entrée.

— Vous avez dit au revoir à Mère ? je demande en le suivant jusqu'à la porte d'entrée.

— Oui, juste avant qu'elle ne parte acheter de quoi cuisiner pour ce midi.

— Je vois… et… où partez-vous, cette fois ?

— Cette fois ? Je vais dans une contrée lointaine, je ne suis pas sûr que tu connaisses.

— Vous remettez en cause mes notions de géographie, Père ? je demande en souriant.

— Bien sûr que non, ma fille. Mais réellement, je pense que tu ne connais pas cet endroit.

Soudain, une pensée me traverse l'esprit. C'est peut-être fou de penser ça, mais, et si…

— Et si je connaissais cet endroit ? je demande.

— Ça m'étonnerait beaucoup, Colombe.

— J'ai voyagé, vous savez, dans des contrées très lointaines, moi aussi.

J'appuie bien sur les mots « très lointaines », espérant que si mon idée est juste, il comprendra où je veux en venir.

Il a un instant d'arrêt, où, tourné vers moi, il pose ses valises. Il semble réfléchir, tout en me dévisageant. Il s'arrête sur un détail.

— C'est un nouveau collier que tu portes ? demande-t-il. Pourquoi le cacher ?

— Parce que c'est un détail trop remarquable pour les gens d'ici, je réponds.

Il hoche la tête en souriant.

— 1243905.

— Je vous demande pardon, Père ?

— C'est là où je vais pour le travail, me répond-il, confirmant mes soupçons. Prends soin de toi Colombe avant de repartir travailler. Et courage pour le déjeuner de tout à l'heure !

— Merci, je réponds. Faites bon voyage !

Il quitte ainsi la maison, alors que je ne reviens pas de ce que j'ai découvert : mon père est aussi un agent de l'ARPM !

20.

L'heure du déjeuner arrive rapidement, et M. Jornay et Lilian arrivent en même temps. Ma mère leur ouvre et les invite à s'installer directement à table, alors que je viens de les saluer. Elle part ensuite en cuisine, me laissant seule avec les deux hommes.

— Alors, Colombe, votre voyage s'est-il bien passé ? D'ailleurs, où êtes-vous partie ? demande M. Jornay.

— Nous sommes partis au Canada, avec M. De Ligneu pour le travail.

— Oh, vous travaillez ensemble ? s'étonne M. Jornay en jetant un rapide coup d'œil à Lilian avant de se retourner vers moi.

— Oui, M. De Ligneu est mon patron. Nous avons dû nous absenter pour négocier certaines marchandises. Vous devez sûrement savoir que M. De Ligneu a un magasin en ville qui vend des objets d'occasion, et on peut trouver des fournisseurs facilement qui souhaitent se débarrasser d'objets qui ne leur sont plus utiles.

— Et les affaires ont été bonnes ? demande M. Jornay à Lilian.

— Oui, très. Nous avons signé déjà deux contrats, et nous sommes encore en négociation pour un troisième. Nous repartons bientôt pour terminer cela, avant de reprendre la boutique.

— Et où se trouve-t-elle, cette boutique ?

C'est à ce moment-là que ma mère arrive avec les plats. Après que nous nous soyons servis en silence, nous commençons à manger. C'est vrai que les plats de ma mère m'avaient manqué.

— Alors, vous discutiez de quoi ? demande ma mère.

— Du voyage de votre fille et de M. De Ligneu au Canada, répond M. Jornay.

— Vraiment ? Vous êtes partis au Canada ? s'étonne ma mère. Et vous êtes partis où, exactement ?

— A Montréal, je réponds.

— Et à Sherbrooke, aussi, ajoute Lilian.

Nous avons passé la majorité du repas à broder autour de notre prétendu voyage au Canada, sous le regard émerveillé de ma mère et celui plus sérieux de M. Jornay.

Arrive ensuite l'heure du dessert, et une nouvelle tournure que prend la conversation, et qui me plaît beaucoup moins.

— Je suppose que… commence ma mère, que tu as eu du temps pendant ton voyage de… réfléchir à ton mariage.

— Où voulez-vous en venir, Mère ? je demande un peu sèchement.

— J'en viens au fait qu'il faut que tu commences à réfléchir à qui tu veux épouser, sachant que tu as accepté un rendez-vous avec M. Jornay.

À ces mots, Lilian lève la tête de son dessert en passant son regard de M. Jornay à moi. Il ne dit rien, mais je devine facilement ce qu'il pense.

— C'est vrai, admis-je. Mais je vous rappelle que je repars bientôt, Mère et je…

— C'est pour cela, m'interrompt-elle, que j'ai pensé que ce rendez-vous pourrait avoir lieu cet après-midi.

— Vraiment ? répondis-je en cachant ma colère du mieux que je pouvais. Avons-nous le temps pour ce rendez-vous avant de partir ? je demande à Lilian.

— Oui, nous repartons ce soir, répond-il.

— Je vois, je réponds. Je… vous permettez qu'au moins je débarrasse la table et m'occupe de la vaisselle avant d'y aller ?

— Bien sûr, répond ma mère.

Je commence à débarrasser la table quand Lilian me demande :

— Est-ce que je peux vous apporter mon aide ?

— Oh, c'est gentil, merci.

Ma mère me fusille alors du regard.

— Vous vous permettez de choisir avec qui je dois avoir rendez-vous, je crois que je peux choisir qui m'aide à laver la vaisselle, Mère.

— Comment oses-tu ? s'offusque ma mère.

— Et vous, comment osez-vous vous immiscer à ce point dans ma vie ? Vous croyez que je n'ai pas compris ce que vous maniganciez, tous les deux ? Vous

vous voyez depuis mon absence parce que vous voulez arranger mon mariage avec M. Jornay dans mon dos, comme ça, à mon retour, j'aurais été au pied du mur, n'est-ce pas ?

M. Jornay comme ma mère évitent mon regard. J'ai donc bien touché juste.

— Maintenant permettez que j'aille faire la vaisselle, merci.

Je m'éloigne avec ma pile d'assiettes à la main, suivie de Lilian. J'entre dans la cuisine, pose les assiettes dans l'évier, tandis que Lilian vient poser le reste aussi, avant de fermer la porte de la pièce.

Je comprends qu'il veut discuter discrètement avec moi, et presque immédiatement, la Clé s'élève dans les airs, avant de revenir à mon cou. Je crois qu'elle a insonorisé la pièce, pour que personne d'extérieur ne puisse nous entendre.

— Tu ne vas pas sérieusement partir en rendez-vous avec ce type ? s'écrie Lilian. Il pourrait être ton grand-père !

— Je sais, mais je n'ai pas le choix ! je réponds en commençant à laver la vaisselle. J'ai déjà accepté, et puis ma mère ne me lâchera pas avec ça, de toute façon. J'irai à ce rendez-vous, puis nous partirons d'ici.

Je remarque alors que Lilian me dévisage.

— Quoi ? je demande.

— Je comprends mieux pourquoi cette histoire de mariage te rongeait jusqu'à t'empêcher de dormir. Ta mère te met trop de pression, c'est pas normal.

— Je sais, mais on ne choisit pas sa famille. Oh,

d'ailleurs j'ai appris un truc de dingue, ce matin !

— Qu'est-ce que t'as pu apprendre de si incroyable ? demande Lilian, intrigué.

— Mon père est un agent, lui aussi !

— Un agent… comme nous, tu veux dire ?

— Oui ! Il m'a… laissé un indice, on va dire, en me donnant le numéro de la dimension où il allait.

— Et il sait que toi aussi, t'es un agent ?

— Oui. Je trouve ça fou, en fait. Il m'a dit que c'est lui qui m'a trouvée, à la naissance. Et comme personne ne me cherchait, il m'a gardée. C'est incroyable, quand même, je… je pense que ma mère n'est pas au courant.

— C'est même sûr, sinon elle aurait déjà compris pour toi, répond Lilian.

Je termine la vaisselle, et m'apprête à quitter la cuisine, quand Lilian me retient par l'épaule.

— Est-ce que ça va ? me demande-t-il.

— Non, mais je fais avec, je réponds, avant de quitter la pièce pour retourner dans le salon. Bon, on a fini, je commence.

Mais je m'interromps quand je remarque qu'il n'y a plus personne dans la pièce, qui est complètement plongée dans le noir. Je me retourne pour voir si Lilian est toujours derrière moi, mais la porte de la pièce est fermée. J'essaie de l'ouvrir, sans succès. Quelqu'un m'a enfermée dans le salon, et c'était prémédité.

21.

Je connais cette pièce comme ma poche, alors je cherche l'interrupteur le plus proche pour allumer la lumière. J'ai beau appuyer dessus une dizaine de fois, rien ne se passe. Est-ce que c'est une panne d'électricité ?

— Inutile de vous acharner sur cet interrupteur, Mlle Plantier.

La voix de M. Jornay me parvient comme un coup de couteau entre les deux omoplates. Je me fige, redoutant le danger dans lequel je me trouve.

Je n'arrive pas à savoir où le vieil homme se situe dans la pièce. Sa voix parait venir de partout et nulle part à la fois. Je reste immobile, tendant l'oreille, mais il ne prononce plus un mot.

Les secondes s'écoulent, interminables. J'ai l'impression que ça fait déjà deux éternités que je suis ici, alors que ça ne doit faire qu'une ou deux minutes en réalité.

Je ne sais pas vraiment comment réagir, je crains d'être trop impulsive et de briser certaines conventions de ma dimension, mais en même temps, je ne veux pas être agressée sans m'être défendue. Je refuse tout simplement de subir quoi que ce soit sous le prétexte que dans cette dimension, c'est ce qu'on doit accepter de vivre ou de faire pour être accepté dans la normalité.

Je m'en fiche, de la normalité, actuellement. Ce que je veux, c'est que la lumière revienne et que M. Jornay quitte la maison. La situation commence à me faire sérieusement peur, et ce n'est pas normal. Et ça, pour n'importe qui dans ma dimension, ce serait un élément déclencheur pour appeler la police.

— Est-ce qu'il y a quelqu'un ? je finis par demander.

C'est toujours le silence obscur qui me répond. Je finis par perdre patience, et m'écrie :

— Écoutez, c'est vraiment pas drôle ! J'ai reconnu votre voix, M. Jornay, et je vous préviens, si vous avez prévu de m'agresser, vous n'êtes pas tombé sur la bonne personne ! Vous feriez mieux de partir avant que je n'appelle la police !

— Mais qui a parlé d'agression ? demande la voix de M. Jornay mielleusement.

Il est juste derrière moi, je le sens.

— Qu'est-ce que vous voulez ? je demande.

— Votre main. Votre mère est déjà d'accord, il ne manque plus que vous.

— Et pourquoi m'enfermer dans le noir pour obtenir une chose pareille ?

— Parce que je dois m'assurer que c'est moi que vous choisirez comme mari.

Il me saisit alors la gorge, me plaquant contre lui.

— Vous êtes trop jeune pour comprendre, mais j'ai besoin de ce mariage. Mon célibat a trop duré, je dois être inséré dans la société. Et c'est vous qui m'aiderez à le faire.

— Je ne suis pas la seule fille en âge de se marier, je parviens à prononcer d'une voix étouffée. Mes amies sont encore libres, elles accepteront peut-être de vous épouser.

Je sens qu'il fait non de la tête.

— Non, non, non… c'est vous que je veux, Colombe. Vous n'êtes pas comme ces gamines qui n'ont rien dans la tête, non… vous, vous réfléchissez par vous-même. Vous savez.

— Je sais ? Mais de quoi vous parlez ? Lâchez-moi, maintenant, ma mère ne vous laissera pas vous en sortir comme ça !

— Vous croyez ? Mais c'est elle qui m'a autorisé toute cette mise en scène. Bon, la venue de M. De Ligneu a quelque peu bousculé nos plans, mais au final… Nous en sommes là où je l'avais prévu. J'ai actuellement le pouvoir de vous tuer, si vous refusez, et personne n'en saura jamais rien, votre mère s'arrangera pour cela.

— M. De Ligneu saura !

— Votre mère s'est chargée de lui, ne vous en faites pas, il ne vous cherchera pas. Il doit déjà être parti de la maison à l'heure qu'il est. Mais vous…

Il resserre son étreinte sur ma gorge.

— Vous, vous n'irez nulle part sans me proposer d'être votre mari, reprend-il, menaçant.

— Lâchez-moi, je parviens à peine à prononcer.

— Ce n'est pas ce que je vous ai demandé de dire ! me reprend-il comme s'il était mon professeur.

Sous le coup de la colère, il me lâche en me poussant à l'autre bout de la pièce. Par chance, l'obscurité est complète, il ne peut donc pas savoir où je me trouve. Il vient de commettre une terrible erreur.

— J'ai beau ne pas vous voir, je vous trouverai, Colombe. Et s'il le faut, j'irai jusqu'au bout pour faire de moi votre mari.

— Pourquoi moi ? je demande alors. Je suis la fille la moins fréquentable de Colombes ! Je suis maladroite, trop spontanée, trop gentille et pas assez réfléchie, ma mère vous le confirmera. Il existe des centaines de filles plus belles que moi et plus intéressantes. Alors… pourquoi moi ?

J'ai pris le soin de bien détacher chaque syllabe de ces derniers mots. Je veux qu'il comprenne que je ne suis pas une petite chose fragile qu'on peut manipuler à sa guise.

Il y a un long silence pesant. Je n'entends pas M. Jornay se déplacer, je ne l'entends même pas respirer, alors que je suis haletante. Il va finir par me repérer, c'est sûr. Il faut que je sorte d'ici le plus vite possible, ou qu'au moins je téléphone la police. Il est hors de question de faire durer ce calvaire plus longtemps.

Le téléphone le plus proche se trouve sur la commode, mais s'il n'y a plus d'électricité, il doit être débranché, c'est un téléphone fixe.

— Vous parce que vous savez la vérité sur notre

monde. J'ai besoin d'une femme qui ne se laisse pas impressionner par les codes de notre société.

C'est avec stupeur que j'entends sa voix surgir, une fois encore, de derrière moi. M. Jornay m'a retrouvée !

Je me retourne vers lui, les poings levés, prête à me battre s'il le fallait. L'entraînement que j'avais eu avec Lilian remonte à plusieurs jours, mais j'ai quand même retenu quelques éléments, je m'en sortirai. Je ne me permettrai pas d'échouer. Je ressortirai de cette pièce aussi libre que lorsque j'y étais entrée.

22.

— Je ne ferais pas ça si j'étais vous, me conseille M. Jornay.

Je réalise alors qu'il peut me voir dans le noir. Comment est-ce que c'est possible ?

— Inutile de garder cet air aussi perdu, je vous l'ai dit : vous ne pouvez rien me refuser, ici, tout joue en ma faveur.

Je le fusille du regard, furieuse, même si je ne le vois pas. Il croit réellement que me faire peur me ferait céder…

— Je préfère mourir que vous laisser gagner quoi que ce soit ! je m'écrie alors. Vous n'obtiendrez jamais ma main, que ce soit bien clair ! Vous avez réellement cru qu'en me menaçant, ça fonctionnerait ?

Soudain, la connexion se fait dans mon esprit. Et si c'était la raison du célibat de M. Jornay ? Et si… et si à chaque refus, il avait tué les femmes qu'il souhaitait épouser ? J'ai donc en face de moi… un tueur en série ?

— Oh… vous avez compris, semble-t-il, réalise M. Jornay.

— Vous… vous lisez dans les pensées ? je ne peux

m'empêcher de demander.

— Évidemment que non ! Ça me vexe que vous pensiez à cela, alors que je suis seulement trop intelligent pour ne pas comprendre ce qui vous traverse l'esprit. Mais maintenant, je ne peux plus prendre de risque. Vous en avez trop deviné, et je ne peux pas vous laisser sortir et vous laisser une chance de contacter la police.

— Etes-vous seulement sûr de ce que je sais ? je demande, tentant de gagner du temps.

Il soupire en levant les yeux au ciel.

— Vous savez pourquoi je suis resté célibataire jusque-là. Vous savez ce que j'ai fait. Et ça… ça ça montre que je ne me suis pas trompé sur votre compte.

Il commence à faire un pas vers moi, je l'entends. Je maintiens mes poings serrés, tout en reculant.

— Ne vous approchez pas de moi, je le préviens.

— Vous ne sortirez pas d'ici vivante, je le sais, et vous le savez, alors pourquoi lutter ?

— Parce que contrairement à ce que vous croyez, c'est moi qui mène le jeu, M. Jornay.

— Vraiment ? demande-t-il, sans vraiment y croire.

Je tente d'enfouir ma peur au plus profond de moi, et reprends la parole :

— Vraiment. Je vous rappelle que vous êtes chez moi, et que je suis attendue. Vous croyez réellement que me tuer va passer inaperçu ? Il n'y a pas que M. De Ligneu qui m'attend. Il y a mon père, aussi. Vous croyez qu'il réagira comment quand on lui apprendra la disparition de sa fille ? Et puis… vous pouvez avoir une intelligence folle, au point de comprendre ce que je comprends de vous, ça ne veut pas dire que je suis incapable de vous battre. Au contraire, je suis le genre de personne qui ne lâche pas. Et j'ai décidé de vivre, aujourd'hui, pas de mourir. Alors je vous le dis, vous avez signé votre fin à partir du moment où vous avez comploté avec ma mère.

— Des belles paroles, vous parlez très bien, rétorque M. Jornay. Mais je ne vous laisserai pas gâcher ma vie.

Je l'entends alors s'approcher de moi, et je me mets à courir le plus loin possible. Heureusement, je ne me prends pas les meubles puisque je sais exactement où ils se trouvent, mais je me retrouve vite acculée contre un mur. Je le tâtonne rapidement, à la recherche d'une porte. Je sais que les portes sont fermées à clé, mais il y a toujours un moyen d'ouvrir une porte.

En parlant de clé, mais bien sûr qu'une porte est fermée à clé, mais moi… moi j'ai une clé ! Une clé qui ne doit surtout pas s'élever dans les airs en faisant de la lumière si je ne veux pas que mon secret soit découvert.

— Vous cherchez une porte, Colombe ? Vous savez pourtant que ça ne sert à rien.

— Comment arrivez-vous à voir dans le noir ? je demande. Qu'est-ce que vous cachez encore ?

— Je porte des lentilles de contact qui me permettent de voir dans le noir. Un vrai bijou technologique que je teste en avant-première.

— Vous aviez vraiment prévu votre coup à l'avance… je réalise avec dégoût. Mais cette folie s'arrête maintenant.

Chapitre 22

J'ai trouvé la poignée de la porte, je me tourne vers celle-ci, et prend discrètement la Clé que j'ai autour du cou, qui me permet d'ouvrir la porte. Heureusement que cette Clé ne m'a jamais lâchée !

J'ouvre précipitamment la porte, alors que derrière moi, j'entends M. Jornay grogner et se ruer vers moi, et que devant moi, j'entends la voix de M. De Ligneu.

— Suivez-moi, c'est ici !

J'entends aussi de nombreux bruits de pas. Sans réfléchir, je cours vers lui, et le retrouve dans le couloir qui mène à la porte d'entrée. Il est suivi d'une dizaine de policiers. Je m'arrête devant eux, haletante.

— Colombe ? Vous allez bien ? demande immédiatement M. De Ligneu en s'approchant de moi.

— Non, c'est M. Jornay, il… il a essayé de m'étrangler, je réponds. Il… il vou… il voulait que je le ch… choisisse comme… comme mari, je parviens à dire difficilement. Ma mère est complice, il… il doit être derrière moi…

Mais quand je me retourne, il n'y a personne. Les policiers continuent leur chemin jusqu'au salon, tandis que je tente de reprendre mes esprits aux côtés de M. De Ligneu.

Peu de temps après, les policiers reviennent vers nous.

— Il s'est enfui, on l'a coursé jusque dans votre jardin, mais il avait trop d'avance sur nous. On lance tout de suite un avis de recherche sur lui, et vous, il faut que vous veniez avec nous pour porter plainte, si c'est ce que vous souhaitez, indique un policier.

— Oui, bien sûr, je… je vous suis, je réponds. Et… et ma mère ? Vous savez où elle se trouve ?

— Votre mère est tout aussi introuvable, elle est peut-être avec lui. Nous la rechercherons aussi.

23.

Après avoir porté plainte, M. De Ligneu et moi quittons le commissariat. J'espère qu'ils retrouveront M. Jornay et ma mère. J'aurais aimé pouvoir prévenir mon père de la situation, mais… mais je ne pouvais pas compromettre sa mission.

— Oh, salut Colombe ! j'entends alors.

Je lève la tête et découvre mes deux amies, Juliette et Morgane.

— Bonjour, comment vous allez, les filles ?

— C'est plutôt toi, comment tu vas, ta mère nous a dit que tu partais en voyage professionnel pendant un mois ! dit Morgane.

— Oui je…

— Je vais vous laisser, dit alors M. De Ligneu, je vous retrouverai à la boutique.

Il s'éloigne alors, tandis que j'explique à mes amies mon faux voyage au Canada, et mon désastreux retour ici. Elles sont tout aussi choquées que moi par les derniers évènements.

— Je n'en reviens pas… dit Juliette. Comment cet homme a pu être libre aussi longtemps ? Heureusement que la police va s'en occuper, maintenant !

— Oui, mais... comment je vais pouvoir expliquer ça à mon père ? Qu'est-ce qu'il va retrouver en rentrant de son voyage pour le travail ? Et ma mère ? Elle est... une fugitive, maintenant, non ?

— Mais... commence Morgane. Est-ce que tu as pensé au fait que peut-être... M. Jornay t'aurait menti ? Peut-être qu'en réalité, ta mère n'a pas été mise dans la confidence ? Peut-être même qu'il l'a obligée à coopérer avec lui ?

La suggestion de Morgane n'est pas bête du tout. M. Jornay aurait très bien pu mentir, et dans ce cas, la situation est encore pire que ce que je pensais : ma mère a peut-être été enlevée par lui ?

Je me lève en pensant à cela.

— Qu'est-ce qui se passe, Colombe ? Est-ce que j'ai dit quelque chose qu'il ne fallait pas ? demande Morgane.

— Non, au contraire. Ton raisonnement est très logique. Mais si c'est vrai, alors il va falloir que je parte à la recherche de ma mère.

— Mais la police s'en occupe, non ? demande Juliette.

— Bien sûr, je réponds, mais si je peux les aider en avançant de mon côté, je le ferai. Il faut que je repasse chez moi, j'y trouverai peut-être quelque chose qui m'aidera à retrouver ma mère.

Je salue mes amies et pars en direction de la boutique de Lilian. J'y arrive rapidement, et entend Lilian et Franck discuter. Ils s'arrêtent lorsqu'ils entendent le carillon qui annonce l'arrivée d'un client.

— Ah, c'est toi, Colombe ! remarque Lilian.

— Oui, je… il faut qu'on retourne chez moi. Je… j'ai discuté avec Morgane, et elle m'a suggéré l'idée que peut-être que ma mère n'est pas dans le coup, et ça, ça veut dire que peut-être M. Jornay a kidnappé ma mère.

— C'est vrai que c'est possible, mais… tu penses qu'on pourrait trouver quelque chose chez toi qui nous aiderait à la retrouver ?

— J'en sais rien, au moins qu'on trouve quelque chose qui prouve qu'elle n'était pas au courant de ce qui allait se passer, ou qu'elle a été contrainte de faire ce que M. Jornay lui a demandé.

— Très bien, on y va, décide Lilian.

— Lilian m'a raconté ce qui s'est passé, je suis vraiment désolé pour toi, me dit Franck.

— C'est gentil, merci. J'espère juste que les choses rentreront vite dans l'ordre.

Lilian et moi quittons la boutique pour retourner chez moi. Commence alors une fouille qui s'annonce très longue, puisque la maison est immense. Mais dans chaque pièce, nous ne trouvons rien du tout.

Nous quittons la chambre de ma mère, nous demandant si finalement, on ne s'était pas trompés, quand soudain :

— Attends, t'as entendu ça ? demande Lilian.

— Non, quoi ?

— Écoute.

Je fais le silence et tends l'oreille. Si au début je

n'entends rien, assez vite je perçois comme un bruit de coup donné contre une porte ou un meuble, mais très lointain. Lilian et moi échangeons un regard.

— La cave ! je m'exclame alors.

Nous courrons jusqu'à la cave de la maison, dont la porte est fermée à clé. Mais la Clé que j'ai autour du cou résout le problème de la serrure, et nous entrons. J'allume la lumière, et nous descendons les quelques marches d'escaliers. À nouveau, le bruit se fait entendre, bien plus proche.

Il semble étrangement venir du mur du fond de la cave.

— Est-ce qu'il y a un passage secret, ici ? demande Lilian.

— Pas à ma connaissance, mais peut-être qu'on ne m'en a jamais parlé.

Je touche le mur à différents endroits, à la recherche d'un mécanisme qui ouvrirait un passage dans le mur. Mais il n'y a rien. Le mur est nu, et complètement lisse. Si jamais quelque chose se trouvait de l'autre côté, il se trouverait sous terre.

Je comprends alors qu'on n'est pas du tout au bon endroit.

— Venez, ce n'est pas ici ! j'invite alors Lilian en remontant les escaliers de la cave.

— Mais pourtant…

— Je sais, mais je me suis trompée, ce n'est pas la cave, mais le jardin, sous terre.

24.

Nous débarquons en trombe dans le jardin, et immédiatement, je trouve le mur qui est en commun avec la cave. Il faut qu'on creuse pour comprendre ce qui se passe.

Je m'apprête à indiquer à Lilian où trouver une pelle pour creuser, quand je remarque un trou béant dans le sol du jardin. Et ça n'était pas là avant, j'en suis sûre !

Immédiatement, nous courons jusqu'au trou, et nous penchons au-dessus. Le trou est aussi profond que le sol de la cave, et les coups se font encore plus entendre.

— Il y a quelqu'un ? je demande.

Seuls des bruits de voix étouffée me répondent.

— Écoutez, dit Lilian, faites un bruit pour oui, deux pour non. Est-ce que vous êtes bâillonné ?

Un seul bruit nous répond.

— Est-ce que c'est vous, Mme Plantier ?

À nouveau, un bruit.

— Mère ! On… on va vous sortir de là. S'il vous plait, M. De Ligneu, appelez la police pour qu'ils viennent nous aider, je reste avec elle.

— Oui, bien sûr, j'y vais tout de suite, répond Lilian en s'éloignant rapidement.

Je me penche vers le trou, mais l'obscurité est telle que je ne distingue rien.

— Mère, c'est Colombe, on va vous sortir de là, ne vous inquiétez pas.

Un nouveau bruit se fait entendre. Mère acquiesce sûrement à ce que je dis. Mais comment on avait pu en arriver là, juste pour une histoire de mariage ?

Au bout d'une quinzaine de minutes, Lilian est de retour avec les policiers et les pompiers. Je m'éloigne du trou béant pour les laisser sauver ma mère, et reste aux côtés de Lilian.

— Est-ce que ça va ? me demande-t-il.

— Comment ça pourrait aller ? J'espère seulement que ma mère n'est pas blessée.

— On le retrouvera, Colombe, ne vous inquiétez pas, tente de me rassurer M. De Ligneu. Ce qu'il a fait ne restera pas impuni.

— J'y compte bien. Je ne pourrai pas dormir tant qu'il n'aura pas été retrouvé. Qui sait ce qu'il a en tête ?

— Ça y est, on l'a ! s'écrient les pompiers.

Ma mère est enfin sortie du trou. Les pieds et les mains attachés, les yeux bandés et la bouche bâillonnée, les pompiers la portent et la posent sur un brancard. Immédiatement je cours vers elle.

— Mère, vous allez bien ?

Les pompiers ont libéré la bouche de ma mère, et sont en train de lui défaire ses autres liens.

— Je… je… je suis vivante…

— Oui, vous êtes bien vivante et pour des années encore, j'y compte bien ! Que vous est-il arrivé ?

Une fois complètement détachée, elle s'assoit sur le brancard malgré les protestations des pompiers.

— C'est bon, je vous dis, assure-t-elle, je n'ai eu aucun coup à la tête, je ne risque rien à être assise.

Face à son obstination, ils abandonnent, et l'un d'eux l'ausculte, alors qu'elle reprend la parole.

— C'est M. Jornay. Il a préféré me cacher pour que je ne parle pas, avant de s'enfuir de son côté. Quand je t'ai entendue rentrer avec M. De Ligneu… j'ai essayé de faire le plus de bruit que je pouvais.

— Il vous a obligé, pour le rendez-vous dans le noir, n'est-ce pas ? je demande alors.

— Quoi ? Non, pas du tout, c'était même mon idée !

— Vous rendez-vous compte de ce que vous venez de dire, Mère ?

J'ai reculé d'un pas, apeurée par ce que ces derniers mots signifiaient.

— Il te faut un mari, Colombe, tu ne m'as pas laissé le choix.

— Mais ça ne fait même pas un mois que je suis majeure ! Il me reste 11 mois pour trouver quelqu'un, pourquoi être si pressée ?!

Ma mère baisse la tête, et se mure quelques instants dans le silence. J'en profite pour regarder autour de moi. Tous les pompiers et les policiers sont suspendus à ses lèvres.

— Parce que je ne serai plus là, dans 11 mois, répond-elle finalement, me surprenant, les yeux embués de larmes.

— Quoi ? Mais de quoi parlez-vous ?

— Je suis malade, Colombe. Et rien ne peut me sauver. Ton père n'est jamais là, et… tu te retrouveras seule, lorsque je serai partie. Et tu ne t'en sortiras pas, toute seule.

— C'est vraiment ce que vous pensez de moi, Mère ? Que je suis incapable de me prendre en charge ? Alors vous avez failli me faire tuer juste parce que vous aviez pitié de moi ?

— J'ignorais que M. Jornay irait jusque-là. Et puis… soyons lucide, tu es le pire parti de la ville. C'était déjà bien que quelqu'un veuille de toi.

— Vous venez de dire quoi, là ? Vous êtes pire que ce que je pensais. Et moi qui m'inquiétais pour vous, au point que je vous ai sauvé la vie aujourd'hui, on se demande bien pourquoi…

— Je te trouve bien insolente, Colombe. Tu l'as toujours été, de toute façon, c'est pour ça que les hommes ne se bousculent pas pour t'épouser. Ils ont peur de toi, parce que tu es bizarre. Tu as toujours été étrange, et maladroite, et stupide, si stupide… Je ne sais même pas comment j'ai pu avoir une fille pareille !

— Mais parce que je ne suis pas votre fille ! je m'exclame, les larmes coulant sur mes joues. Père m'a tout raconté. Lui est un vrai parent qui se soucie de moi, pas comme vous !

Mère se lève alors, sous le regard inquiet du pompier qui l'a auscultée, marche jusqu'à moi et me met une claque. Je la regarde, choquée par son geste.

Chapitre 24

— Tu as toujours été une enfant indigne de moi, je savais que j'aurais dû te refuser quand ton père est arrivé avec toi.

— Vous venez de signer votre fin, Mère, je réponds.

25.

Après cela, les policiers arrêtent ma mère, qui ne se défend pas. Elle garde la tête haute, comme elle l'a toujours fait. Je reste interdite en la regardant partir, encore choquée par ce qui vient de se passer. Elle a levé la main sur moi… c'était la première fois que ça arrivait.

Je dois avoir l'air stupide, avec mes bras ballants, mon regard perdu et mon immobilité de statue. Je ne comprends même pas ce que je viens de vivre. Comment je vais pouvoir expliquer ça à mon père ?

— Mlle Plantier ? m'interpelle un des policiers resté sur les lieux.

— Oui ?

— Je… je suis désolé de vous demander ça après ce qui vient de se passer, mais il faut que quelqu'un signe pour attester de la perquisition de votre maison. Mais votre père est injoignable et vous n'êtes pas encore mariée, alors…

— Oh, je… je ne peux pas le signer sans être mariée ?

— Non, euh… à moins que vous ne soyez fiancée.

— Je vois, je… j'ai décidé alors de qui sera mon époux. M. Léodagan de Ligneu, permettez-moi de vous demander si vous acceptez de devenir mon mari ?

Lilian me regarde, surpris. Il prend quelques instants, avant de répondre :

— Ce serait un honneur d'être votre époux, Colombe.

— Parfait, vous pouvez signer, maintenant, dit le policier.

Je signe son papier malgré l'absurdité de la situation, et très vite les pompiers partent, suivis de quelques policiers. D'autres restent pour enquêter, sûrement.

Je ne comprends pas pourquoi c'était si important que je sois fiancée ou mariée pour signer ce papier. Est-ce que ça veut dire que ma volonté en tant que personne ne vaut rien du tout aux yeux de la loi ? Est-ce que ça veut dire que je ne suis rien ? Et est-ce que c'est la même chose pour les hommes ? Tant qu'ils ne sont pas mariés, ils ne peuvent rien signer d'important non plus ? Ça expliquerait le besoin viscéral de M. Jornay de se marier.

J'ai choisi Lilian. Je ne me voyais pas choisir quelqu'un d'autre. Mais ça ne représente rien pour moi, ce n'est pas une demande que j'ai faite par amour, mais par nécessité, et aussi parce que j'ai confiance en lui, je sais qu'il a compris ma décision. C'est mon coéquipier, non ?

— On ferait peut-être mieux d'y aller, Colombe, m'indique M. De Ligneu.

J'acquiesce silencieusement, sans lui jeter un regard, et le suis. Je m'assure que les policiers n'auront plus besoin de moi, puis nous retournons à la boutique, avec Lilian.

Nous n'avons pas décroché un mot pendant le trajet. Je me sentais incapable de parler, je pense que mon coéquipier l'a compris.

En entrant dans la boutique, Lilian explique tout ce qui s'est passé à son frère, tandis que je m'assois en ruminant en silence ce qui vient d'arriver.

J'ai l'impression que je peux m'effondrer à n'importe quel instant, mais je ne suis même pas surprise par ce qui s'est passé.

J'ai toujours eu des signes : ma mère a toujours été dure avec moi, et obsédée par cette histoire de mari, mais je pensais que c'était parce qu'elle m'aimait, pas parce qu'elle avait pitié de moi. Je pensais qu'elle tenait vraiment à moi, pas à l'image qu'il fallait que je reflète aux yeux de la société. Qu'est-ce que j'espérais ? Je m'en veux de n'avoir pas ouvert les yeux plus tôt.

La chose qui me tracasse aussi est M. Jornay. Je déteste l'idée qu'il soit encore en liberté. Il risque de faire encore du mal autour de lui, même s'il est recherché par la police, maintenant.

Je cherche une raison pour trouver du positif à ce qui vient de m'arriver, histoire de ne pas sombrer complètement, mais je n'y arrive pas. J'ai l'impression d'être en train de tomber dans un gouffre sans fond, et tout ce à quoi je cherche à m'accrocher finit par tomber avec moi.

Chapitre 25

J'ai perdu ma mère, aujourd'hui. Elle qui craignait de mourir d'une maladie, vient de mourir à mes yeux par son comportement.

Je repense à cette claque, et porte ma main à ma joue, là où elle m'a frappée, plus tôt. J'ai l'impression de sentir encore sa main sur ma peau, et de revivre cet instant en boucle. Je ne savais pas que je pouvais provoquer autant de haine et de colère, je ne savais pas…

Je tente d'étouffer un sanglot, sans succès. Lilian et Franck m'entendent, et se tournent vers moi.

— Est-ce que ça va, Colombe ? demande Lilian.

Je me mets alors à pleurer, m'effondrant sur la table devant moi, cachant mon visage dans mes bras. Je déteste pleurer. Ça me donne mal à la tête et l'impression d'être impuissante face à la situation.

Mais je n'arrive pas à m'arrêter. Je ne peux rien faire à part pleurer.

— Euh… je crois qu'on va partir maintenant, dit Lilian. Est-ce que tu peux nous faire retourner dans ma dimension, Colombe ?

Je relève lentement la tête, sans m'arrêter de pleurer pour autant. Je détache la Clé que je porte autour du cou, et nous fait revenir chez Lilian.

Le fait de me faire concentrer sur autre chose a fait cesser mes sanglots, mais pas mes larmes, qui me brouillent complètement la vue.

— Est-ce que tu veux me parler ? me demande mon coéquipier.

Je m'apprête à ouvrir la bouche pour parler, mais les sanglots me secouent à nouveau, empêchant toute parole intelligible de sortir.

— Je… je sui… suis dé… so… lée… je parviens finalement à prononcer.

— Désolée ? Mais de quoi ? Tu n'as rien fait de mal, Colombe, tu as le droit de pleurer, après ce qui vient de t'arriver. Je vais te préparer un thé, ça va te faire du bien.

Il se lève et prépare un thé, sans sa machine. Peut-être que lui aussi a besoin de reprendre contenance. Ça doit mettre mal à l'aise d'être face à quelqu'un qui ne s'arrête pas de pleurer depuis plusieurs minutes. C'est le genre de situation où je ne sais jamais comment réagir.

Quelques minutes plus tard, il revient avec un thé qu'il pose devant moi, sur la table.

— Merci, je parviens à dire.

— Est-ce que tu te sens mieux ?

Je hausse les épaules, ne sachant pas vraiment. Je commence à boire mon thé, et à parvenir à calmer mes sanglots, puis mes larmes. Lilian s'est aussi fait un thé, qu'il boit patiemment de son côté.

— Je… je suis désolée que tu aies vu ça, finis-je par dire, une fois calmée.

— Tu sais, quand on se marie, c'est pour le meilleur et pour le pire.

— On n'est pas encore mariés…

— Mais on le sera sûrement bientôt, dans ta dimension.

— Est-ce que… est-ce que tu m'en veux ? Je veux dire... je sais que c'était précipité, mais il fallait que je signe ce papier, et je…

— Ne t'inquiète pas, je ne t'en veux pas. Je ne m'imaginais juste pas me marier si jeune. Ou même me marier un jour.

— Je… je suis désolée, j'aurais dû te consulter avant, mais… dis-toi que c'est pas vraiment toi que je vais épouser, mais M. De Ligneu, enfin… si on retourne un jour dans ma dimension, bien sûr…

— Très bien, je… comme je te disais, je ne t'en veux pas, j'ai juste été surpris.

— Je comprends, je l'aurais aussi été, à ta place, je réponds en souriant. Je veux juste que tu ne te méprennes pas, je… je ne veux pas que tu t'imagines que cette histoire de mariage change quoi que ce soit entre nous, ne prends pas ça comme une sorte de déclaration, parce que ce n'en était pas une.

— Je te rassure, c'était très clair pour moi, affirme Lilian. Bon, je vais préparer à dîner, tu veux manger quoi ?

26.

Le dîner a été plaisant. On a parlé de tout et de rien, tranquillement, comme si nous étions deux personnes normales, et pas des multidimensionnels. J'ai appris plein de choses sur sa dimension, et lui sur la mienne.

Je suis toujours bouleversée par les derniers évènements, mais j'essaie de faire comme si je n'y pensais pas, bien que ça soit toujours dans un coin de ma tête. Au moins, j'ai pu profiter d'avoir une soirée à peu près normale, et c'est déjà ça.

Je m'endors rapidement, ce soir-là, tellement je suis épuisée par tout ce qui vient de se passer. Mais un bruit me réveille en plein milieu de la nuit.

Je me demande si ce n'est pas le son que j'ai entendu quand ma mère essayait de se faire entendre dans le trou du jardin, mais non, ce n'est pas une hallucination auditive traumatique, c'est un bruit un peu différent.

Seraient-ce encore les voisins ? Je croyais pourtant qu'on avait réglé cette histoire, vu que la police a embarqué le père de famille, et que la mère et les enfants ont pu s'enfuir.

Je me lève, et sors de la chambre. Je vois Lilian qui

sort aussi de la sienne. Je ne suis donc pas la seule à m'être réveillée. On se consulte du regard rapidement, avant de chercher la source du bruit qu'on entend.

Cela semble venir du plafond, dans la cuisine. Nous y avançons doucement, prudents. Est-ce que ce sont les voisins du dessus qui font du bruit, ou… ou est-ce qu'il y a quelque chose dans ce plafond ?

Lilian prend une chaise, grimpe dessus et colle son oreille contre le plafond, il est assez grand pour cela.

— C'est dans le plafond, chuchote-t-il.

— Dans le plafond ? je répète, chuchotant aussi.

— Tu penses que si j'ouvre le plafond, la Clé pourra le réparer ? J'aimerais bien récupérer ma caution quand je rendrai les clés de cet appart.

— Je pense que oui, mais je ne peux rien te garantir, je le préviens.

Il prend un couteau, qu'il plante avec force dans le plafond, et quelque chose en tombe. La Clé s'élève et l'ouverture dans le plafond se referme d'elle-même.

Pendant que Lilian redescend, je m'intéresse à ce qui est tombé. C'est une petite machine, de la taille d'une balle de ping-pong, qui bouge faiblement.

— Regarde ça, tu sais ce que c'est ? je demande à Lilian.

— Oui, et c'est pas bon signe du tout.

— On fait quoi, on emmène ça au QG ?

— Non, pas la peine.

Il se baisse et ramasse la petite machine.

— C'est un robot-espion.

— Qui a mis ça ici ?

— Le gouvernement. Il y a le drapeau français et la devise gravés dessus. C'est sûrement comme ça qu'ils ont pu nous suivre dans la faille.

— Mais pourquoi il s'est mis à faire du bruit comme ça ?

Lilian l'examina davantage.

— Il a été mis en arrêt, mais… pas éteint complètement. La pauvre machine ne savait pas quel était l'ordre à suivre : s'éteindre ou continuer d'observer et enregistrer.

— Enregistrer ? Donc on a été enregistré ? Donc quelque part quelqu'un a eu accès à des enregistrements de nous où on parle de notre travail, c'est ça ?

— Probablement, soupira Lilian. Mais avec tout ce qui vient d'être révélé… d'ailleurs, on devrait allumer la télé, pour voir ce qu'ils disent par rapport à tout ça.

Il demande à la télé de s'allumer, ce qu'elle fait, et une chaîne d'information s'affiche. Presque immédiatement, Lilian et moi tombons sur le canapé, sous le choc : ils parlent d'un attentat qui a eu lieu dans la soirée. C'est l'attentat qu'on était censés déjouer.

— On part immédiatement pour le QG, Colombe, me dit Lilian, sans quitter des yeux la télévision.

27.

Lorsque nous apparaissons au QG de l'ARPM, nous arrivons dans le bureau de la Générale V, mais d'autres personnes sont là aussi, et la discussion est animée.

Notre supérieure nous jette un coup d'œil à notre apparition et dit :

— Ah, bah vous voilà enfin, vous ! Ça fait des heures qu'on essaie de vous contacter, vous étiez où ?

— D'abord dans la dimension de l'agent CP, expliqua Lilian, mais là-bas, on a eu un imprévu qui a retardé le retour dans ma dimension pour la rédaction du rapport. Une fois arrivés, nous n'avons pas regardé les informations, et n'avons été informés que maintenant de l'attentat qui a eu lieu. Quels sont les dégâts ?

— Bon, vous pouvez partir, dit la Générale aux deux agents qui se trouvaient là. Tenez-moi au courant s'il y a du nouveau.

Les deux agents quittent le bureau, et la Générale s'assoit, tout en nous invitant d'un geste à nous asseoir nous aussi.

— Quel est l'imprévu qui vous a retardé ? demande-t-elle.

— Un homme a tenté de me tuer, mais rien à voir avec notre mission, il voulait que je l'épouse sinon il me tuait, j'explique alors. Ensuite il a disparu avec ma mère, mais on l'a retrouvée rapidement et… disons seulement que je ne reviendrai plus dans la maison familiale.

— Vous parlerez de ça dans votre rapport, explique la Générale V. Même si ça n'a pas l'air d'être lié, on ne sait jamais, peut-être que ça nous servira pour plus tard ce genre d'informations.

— Parce que vous lisez vraiment nos rapports de missions ? s'étonne Lilian.

La Générale V le foudroie du regard.

— Évidemment ! s'offusque-t-elle. Donc vous êtes revenus et vous n'avez entendu parler de l'attentat que maintenant ?

— Exactement, répond Lilian. Mais ce n'est pas tout. Quelque chose nous a réveillés en plein milieu de la nuit. C'était un robot-espion du gouvernement, caché dans mon plafond. Il avait été désactivé mais un problème de connexion avait perturbé son comportement.

— Vous l'avez amené ?

En guise de réponse, mon coéquipier sort de l'une de ses poches le petit robot. La Générale V s'en saisit et l'observe attentivement.

— Ils ont dû le désactiver quand ils ont remis les choses en ordre après l'arrestation du dirigeant Kernet. Je vais envoyer une équipe de nettoyage dans votre appartement, Lilian, pour être sûr qu'il n'y a rien d'autre de sensible. Le gouvernement a peut-être des choses compromettantes sur vous et votre coéquipière.

— Et pour l'attentat ? je demande.

La Générale semble se reconcentrer, comme si elle venait de faire une digression dans la conversation.

— Par chance, l'attentat n'a fait aucun mort ni aucun blessé, donc de ce côté-là, votre mission est un succès. En revanche, l'attentat a eu lieu à l'endroit prévu, ce qui signifie que notre ennemi a réussi à dégager assez d'énergie pour fusionner deux dimensions, comme il l'avait prévu avec Kernet. Ce qu'on ne sait pas, c'est si deux dimensions ont déjà fusionnées, ou s'il a juste stocké l'énergie de l'explosion quelque part.

— Mais vous n'avez pas la liste de toutes les dimensions ? je demande.

— Bien sûr que si. Mais le temps de vérifier la fusion de deux dimensions dans notre liste, on a le temps de vivre deux vies.

— Et qu'est-ce qu'on fait, alors ? demande Lilian.

— Alors on attend, annonce fermement la Générale V. Nous n'avons aucune indication sur la suite des évènements liés à l'attentat. Nous ignorons ce que notre ennemi a prévu pour la suite. Nous pouvons seulement rester vigilants. Donc vous deux, vous dormirez à l'hôtel le temps que le nettoyage soit fait dans l'appartement de l'agent LL. Vous rédigerez votre rapport, et je vous recontacte dès que j'ai une mission pour vous.

Epilogue

Lilian et moi entrons dans la suite qu'on a pu réserver. Elle est immense, et magnifique. C'est comme un petit appartement. Je suppose que travailler pour l'AR-PM doit bien payer.

Nous commençons à nous installer. Il a récupéré quelques affaires dans son appartement, et j'ai ramené quelques affaires quand je suis partie de chez moi, dans ma dimension.

Mon coéquipier jette un coup d'œil aux affaires que je sors.

— Tu sais, il va falloir refaire ta garde-robe, m'annonce-t-il.

— Et pourquoi ? Elles sont pas assez jolies, mes robes ?

— Ce n'est pas ce que je voulais dire, elles sont justes… pas adaptées à là où nous nous trouvons. La dame à l'accueil de l'hôtel te regardait bizarrement, il ne faudrait pas attirer l'attention.

— J'ai porté le même genre de robe tout au long de notre mission, et ça ne m'a pas gênée. Et je vais mettre quoi, à la place ? Un pantalon ?

— Exactement, un pantalon, comme les trois quarts des femmes de ce pays dans cette dimension. C'est… c'est pas contre toi, Colombe, mais il faut qu'on reste discret, et tes tenues ont l'air tout droit sorties d'un livre de l'époque victorienne. On dirait que tu sors d'une convention style Japan Expo, et ça, même si cette convention existe depuis des siècles, ce n'est toujours pas un style vestimentaire qu'on voit à tous les coins de rues.

— Bon, ça va, j'ai compris, je réponds en levant les yeux au ciel. Je vais mettre quoi alors ?

— On ira faire les magasins, demain. Tu peux toujours t'habiller en robe, si tu veux, mais quelque chose de plus… conventionnel.

— Je croyais que j'étais censée être libre, ici, p…

Je m'interromps quand je vois une enveloppe tomber devant moi, qui semble sortie de nulle part.

Elle est un peu jaunie, et est fermée par un sceau. Je consulte Lilian du regard, qui s'approche pour voir de quoi il s'agit.

— Est-ce que je l'ouvre ? je demande.

— Si tu veux savoir ce qu'il y a dedans, il vaut mieux.

J'ouvre l'enveloppe, et y découvre une lettre manuscrite, écrite d'une écriture attachée parfaite, où rien ne dépasse. Elle est très courte.

— Chère Colombe, merci de m'avoir aidé pour l'attentat. Tes actions m'ont permis d'arriver exactement là où je voulais. Nous devrions nous rencontrer, un jour, pour discuter de tout ça. En attendant, je suis ravi de voir qu'après toutes ces années, je peux toujours continuer à compter sur ton amitié.

Le garçon de l'ombre

Je termine la lecture les mains tremblantes, tellement que je fais tomber la lettre par terre, que Lilian ramasse, avant de me faire asseoir sur le lit pour que je reprenne mes esprits.

— Celui qui veut réunir les dimensions se fait appeler le garçon de l'ombre ? s'étonne Lilian. Et tu le connais ?

— Je crois que c'est le petit garçon que je voyais enfant, mon ami imaginaire, comme je t'avais raconté, dans mes souvenirs qui me sont remontés. Je l'appelais le garçon de l'ombre car il semblait être fait d'ombre. Alors mon ami imaginaire est réel ?

Remerciements

J'aimerais remercier la vie, pour tout ce qu'elle me permet d'expérimenter, de positif comme de négatif. Merci à vous de m'avoir lu et de me lire encore, et merci à tous ceux qui me soutiennent dans mes projets d'écriture. Votre soutien me va droit au cœur et je ne l'oublierai pas !

Composition et mise en page réalisées

avec l'aide de WriteControl

Dépot légal : Septembre 2022

www.ingramcontent.com/pod-product-compliance
Lightning Source LLC
LaVergne TN
LVHW091313150826
845673LV00006B/1630